도그 워커의 사랑

Love Story of a Dog Walker

작가소개

강동훈은 급속한 변화를 겪은 대한민국 사회 속 세대 간의
갈등을 살펴보고 공존에 대해 고민하는 극작가라는
평가를 받으며, 제60회 동아연극상 희곡상을 받았다.

사운드울프 아트디렉터로 활동하고 있으며,
희곡 〈I'm 파프리카〉, 〈그게 다예요〉를 썼다.

DAC Artist 강동훈
2025 연극 〈도그 워커의 사랑〉 초연 프로덕션

기획제작 두산아트센터
작 강동훈
연출 송정안
드라마터그 김지혜
조연출 김성령
출연 조영규 윤현길 박옥출
　　　윤경 최정우
프로덕션 무대감독 이지혜
프로덕션 무대조감독 신범수

무대디자인 조경훈
무대제작 wa stage (와스테이지)
(대표 조환준 / 이종민 윤진상
　　정병문 백종우 임학균 김대영)
작화 작화공간
(대표 이남련 /
　　박지원 이진경 이재형)

조명디자인 성미림
조명팀장 김휘수
조명오퍼레이터 조애진
조명크루 김세희 김은빈 양가영
　　유보민 유예찬 윤혜린 이재현
　　정찬영 주재현 한성민
　　허정현 홍주희
조명장비 임차
　　세븐컨트롤 (대표 김재원)

음악감독/음향디자인 조은희
음향시스템디자인 최윤녕
음향오퍼레이터 서정민
음향크루 염신열 윤기선

의상디자인 홍문기
의상제작 이엘 (대표 홍문기)
의상 어시스턴트 송지민

분장디자인/소품디자인·
　　제작 장경숙
분장작업 정서연

접근성 제작/운영 플랫폼안녕
한글자막해설 디자인 이청
한글자막해설 오퍼레이터
　　조세라

그래픽디자인 박연주
사진(포스터·프로필·설정)
　　정희승 스튜디오
　　(대표 정희승)
사진(연습·공연)
　　Studio AL(대표 김윤희)
사진(관객과의 대화)
　　스튜디오1024
　　(대표 이재호)

SNS콘텐츠제작·영상(연습촬영)
　　필루미에르(대표 이화승)
영상(공연실황)
　　헤즈스튜디오(대표 김선우)
영상(인터뷰) AWF 1/2
　　(대표 윤성준)
인쇄 으뜸프로세스

뉴욕에서 정신과 전문의로 일하던 소영 씨는
오랜 불면에서 벗어나기 위해 이제 모든 걸 정리할
생각이다. 처음으로 한국의 재벌가에, 어머니의 집에
돌아온 소영 씨. 상속을 기다리면서, 남겨진 개를
돌보기 위해 고용한 도그 워커 하민 씨와 선물 같은
사랑에 빠진다.

한편 미정의 새로운 고용인이 된 숙례 씨는 자신의
미래를 알고 있는 것만 같다. 숙례 씨는 자신이
벌어들이는 돈과 그 자본의 영향력으로 재벌가를
이루기 시작한다.

『도그 워커의 사랑』속에는 낮과 밤,
두 가지 이야기가 존재한다.
낮의 이야기는 숙례 씨가 부재한 이후 6개월을 다룬다.
밤의 이야기는 1956년부터
숙례 씨가 부재한 날까지를 다룬다.
숙례 씨의 대사는 볼드로, 가운데 정렬 처리했다.

등장인물 (In order of appearance)

숙례 씨	나이 미상 여성
소영 씨	46세 여성
에디 씨	44세 남성
하민 씨	29세 남성
미정 씨	69세 여성

목차

1부
가볍고 산뜻하게

간지러운 비트가 들려오면

이 감각은 뭘까. 아무리 힘을 빼도. 오늘도 숙례 씨의 몸은 통째로, 붕- 떠오르려고만 한다. 심장이 펌프질을 멈추지 않는 것처럼. 심장. 눈을 뜨지 않아도 알 수 있다. 여기에 그대로 있는 심장이 오늘도 피와 산소를 퍼올려 온몸으로 흘려보낸다. 가볍게, 산뜻하게, 거세지다가, 느리고 여리게… 숙례 씨는 그밖에도 많은 걸 알 수 있었다. 침이 마른 입술. 짧게 정리한 손톱. 촉촉한 코. 그뿐만이 아니다. 보슬보슬한 파자마 실크. 꿀처럼 달콤한 시트. 자리에 가만히 누워서도, 숙례 씨는 그녀가 지은 층고 높은 이 집의 수많은 방과 거실 곳곳을 전부 느낄 수 있었다. 은빛이 도는 아일랜드 식탁, 크림색 가죽 소파, 은색 레버가 달린 매끈한 욕조. 그 안에서 한 달 전부터 마당에 쌓이기 시작한 눈을 내려다보면… 숙례 씨는 거인이 된 기분이었다. 혹자는 숙례 씨를 보고 평생을 사치스럽게, 너무나 전형적으로 살았다고 할지 모르겠으나, 그런 비난이야말로 정말 고리타분한 것 아닌가? 숙례 씨는 단순히 삶을 통과해왔을 뿐이다. 원하는 걸 멈추지 않았을 뿐이다. 숙례 씨는 단 한 번도 쓸모없는 걸 소유한 적이 없다. 그것들은 모두 숙례 씨에게 넘치는 만족감을 주었다. 선물로 받은 것도, 잠시 빌려온 것도 아니다. 이 모든 게 어디로부터 왔는가. 숙례 씨가 날개를 한 번 펄럭일 때마다 떨어지는 돈. 자본. 무표정한 이 집의 구석, 구석의 구석까지 그 깃털이 닿지 않는 곳이

없으니, 그것들은 모두 숙례 씨와 투명한 실처럼 이어져 있다.

날개 달린 숙례 씨가 일어난다. 동시에 어디선가 듣기
좋은 전자음이 들려온다.

**그런데 이번에도 찾아온, 이 생생한 감각은 뭘까. 평생을
부풀려온 몸. 밀도 높게 채워진 이 거대한 몸. 오늘도 숙례 씨의
몸은 자꾸만 붕, 떠오르려고만 한다. 심장이 펌프질을 멈추지
않는 것처럼. 만약에, 그러니까 만약에, 이대로 눈을 뜨지
않으면 어떻게 될까? 이대로, 숙례 씨는 어디까지 날아갈까?
그 생각을 하면 심장은 걷잡을 수 없이 빠르게 뛰기 시작한다.
입술을 비집고 침이 새어나오고, 후…하, 후…하, 숨이 막
차오르고… 숙례 씨는 떠오르다가, 떠오르다가, 그녀와
이어진, 투명한 실들도 전부 끊어지고 나면… 탁, 탁. 때마침
발소리가 들려서, 숙례 씨는 다시 누워있던 곳으로 돌아온다.
숙례 씨는 안도했을까? 네가 오고 있다. 숙례 씨는 이제 거기에
집중을 하기로 한다. 문이 열리고, 숙례 씨는, 네가 몇 걸음 안에
다가올지도 알고 있다. 하나, 둘, 셋, 넷… 그리고-**

무대 위로 걸어가던 숙례 씨가 크림색 소파 위에 앉고,
모든 소리가 멈추면

너는 또 눈을 뜬다.

금이 간 욕조 속에서 **소영이** 눈을 뜬다. 이번에도

분명히 목소리가 들렸다. 소영은 목소리의 주인을 찾아
주위를 둘러본다. 목소리의 주인은 찾을 수 없고,
무대 위 유일한 빛은 욕조 옆에 놓인 노트북의
모니터에서만 새어 나온다. **에디가** 들어온다. 샴페인이
부드럽게 열린다.

에디　뭐가 웃겨? 왜 웃고 있어?

　　그제야 소영은 욕조 속에 비친 자신을 본다.
　　간결한 흰 원피스를 입은 소영은 웃고 있다.

에디　당신이 모처럼 밝아 보여서 기뻐.
　　오늘 장례식에서 당신이 결정한 모든 일들이
　　나도 기쁘고.
소영　이혼하자.

　　에디는 셔츠 단추를 아주 적당히 풀 줄 아는 풍채 좋고
　　인물이 훤한 중년의 남자다. 조심스럽게 노트북을
　　욕조에서 멀리 옮기던 에디는 소영의 말을 듣고 잠시
　　움직임을 멈추지만, 이내 소영의 말을 듣지 못한 듯,
　　다시 샴페인에 멜라토닌 젤리를 섞어 자연스럽게
　　두 잔을 따른다.

에디　어머님이 돌아가신 것 같다는 연락을 받았을 때,
　　당신이 곧바로 한국에 돌아오겠다고 말할 줄 몰랐어.

특히 어머님 집으로는.

소영 이혼해 줄래?

에디 나도 사랑해 소영 씨, 나는 당신이 죽어도
　　　손톱까지 핥아 먹고 싶어.
　　　그래서 말인데, 당신 취향으로 여길 리모델링할까
　　　하는데 어떻게 생각해?
　　　상속까지 시간이야 조금 더 걸리겠지만,

소영 이혼해 줄 거지? 서류는 호텔로 보내둘게.

　　　소영이 가운을 걸친다. 식탁과 캐리어가 있는
　　　거실로 나오는 소영과 에디.

에디 자기야, 지금 게임을 하자는 거지?

소영 그래 보여?

에디 아니야?

소영 아니야, 난 충분히 설명한 것 같은데.

에디 대체 자기가 언제 충분히 설명했는데?

소영 모처럼 개운하다고 말했잖아.

에디 오늘 같은 날 그런 게 더 이상하잖아. 아마도,
　　　끝까지 만나 뵙지 않아서,

소영 은퇴할 준비가 된 것 같다고도 말했고.

에디 그거야 여기서 이제 새로 시작해 보자는
　　　말인 줄 알았지.
　　　당신은 이제 겨우 46이야. 당신은 휴가에 가면
　　　더 잠을 설치는 타입이고.

당신은 대뇌변연계에 편도체 성애자잖아.

소영   이번엔 달라. 금주도 벌써 한 달 째야.

오렌지주스로 뇌를 씻은 것 같아.

에디   그럼 당신이 사랑하는 당신 환자들은?

M&A에 대해 징징거릴 목티 입은 CPO, CTO들은?

소영   금방 더 나은 방법을 찾겠지.

에디   당신도 은퇴 말고 더 나은 방법을 찾을 거야.

이런 생각이 드는 게, 이번이 처음도 아니잖아.

소영   (거실을 둘러보며) 이런 생각이 뭔데?

그때 크림색 가죽 소파 근처에 있던 숙례 씨가
뒤척거리자, 동시에 소영의 귀에는 아까 욕실에서도
들렸던 전자음이 들린다.

에디   (말을 피하며) 지금 당신은 너무 오래
잠을 못 자서 더 비관적으로 구는 거야.
난청이 또 심해진 거지?

한 번 더. 그러자 소영이 소리를 찾아 소파를 본다.
물론 숙례 씨를 보지는 못한다.

소영   대체 저런 걸 왜 저기에 사다 둔 거야?

에디가 소영에게 다가가, 익숙하게 소영을 달래듯
손을 잡는다.

에디 이럴 때마다 뭘 해야 하는지는 당신이 더
　　　정확하게 알고 있잖아.
　　　그러니까 우선 이걸 좀 마셔. 멜라토닌을
　　　좀 섞어뒀어.
　　　오늘은 얼른 자고, 자고 일어나서 다시 얘기하자.
소영 (잔을 받지 않고 젤리만 건져 먹으며)
　　　에디, 나를 걱정하는 거면 그러지 마.
에디 자기가 대체 여기서 일 말고 더 뭘 하려고?
소영 나는 비관적으로 굴려는 게 아니야. 이제 정리를
　　　하려는 거야.
에디 이제 와서 테니스랑 골프라도 새로 배워보려고?
소영 (정말 밝은 표정으로) 나, 이제 정말 준비가
　　　된 것 같아―

　　　그때 벨소리가 들린다. 재벌 집에서나 들리는 특유의
　　　벨소리. 소영이 무시하고, 다시 말을 이어가려는데
　　　연달아 들리는 벨소리와 함께, 또 소영의 귀에는
　　　길다란, 그러나 역시 달콤한 전자음이 스쳐 지나간다.
　　　그 탓에 에디가 무언가 설명을 하고 있지만, 에디의
　　　목소리는 소영에게 전혀 닿지 않는다.

에디 자기야, 듣고 있어?
소영 (소리가 조금 진정되자, 익숙한 듯 태연하게) 뭐라고?
에디 이모님 부탁이라고 말했어.
　　　(잘 이해하지 못하는 것 같자 역시 익숙하게)

이모님이. 여기서 지내면서 개를 돌봐줄

사람이 필요하대.

그래서 도그 워커를 불렀어.

소영 미정 씨를 돌봐줄 사람이 아니라?

에디 이모님은 병원으로 모시자고 당신이 말했잖아.

그리고 언제까지 그렇게 부르려고?

그래도 당신한테는 어머니 같은 분인데,

(또 전자음, 그러자 밖을 바라보며)

뭘 하길래 밖에서 이렇게 난리를 치는 거야?

소영 개야 그냥 어디든 풀어두고 기르면 되잖아.

에디 맨해튼에 살면서 그렇게 생각하는 건

당신밖에 없어.

소영 (비웃으며) 여긴 맨해튼이 아니잖아. 그냥 버리던가.

에디 (서류를 꺼내 식탁 위에 올려두면서) 일단 한 번

만나보고 결정하는 건 어때?

소영 (그 말에 에디의 눈을 바라보며) 내가 왜?

에디 (역시 눈을 마주치고, 익숙한 게임처럼) 그야,

최대한 고심해서 골랐거든.

당신 취향은 내가 제일 잘 알잖아.

소영 (그제야 서류를 확인하며) 아, 그래? 당신 감이

다 떨어진 거 아니었어?

지난번 당신이 기획한 전시는 아주 창피한

수준이던데.

에디 인터뷰라도 해보면 생각이 달라질 걸?

소영 옷을 다 빼입고 올 텐데 어떻게?

에디   (도발하듯이) 여긴 한국이잖아. 당신이 너무
       피곤하면, 내가 대신 확인할까?

       소영은 서류에서 눈을 떼지 않고 거실에 있던 에디의
       캐리어를 발로 부드럽게 밀친다. 에디가 캐리어를 들고
       나간다. 그리고 하민이 들어온다. 멀리서 봐도 선이
       고운 큰 키. 창백한 피부. 인터뷰에는 전혀 어울리지
       않는 테니스 웨어와 표정. 하민은 큰 집을 둘러보면서,

하민   (아일랜드 식탁에 앉은 소영을 보면서) 옆에 앉을까요?
소영   (시선도 주지 않고) 금방 끝낼 거니까 거기 서 있어요.

       여전히 소영은 하민을 바라보지도 않고 차트를 읽듯
       페이지를 넘겨 계약서를 살펴본다.

소영   가능한 기간을 말해줄래요? 난 여기서 6달 정도
       머물 거니까,
       적어도 그동안은—
하민   가능해요.
소영   정확히 얼마나?
하민   원하시는 만큼.

       그제야 고개를 든 소영. 소영은 하민의 얼굴을
       바라보는데

(놀리듯이) 샴페인을 마시기 전 먹는 딸기 같다고

당황스럽다는 듯 목뒤를 쓸어내리는 소영.
역시 금주 때문이다.

(야한 소설을 몰래 읽어주듯이)
몸선이, 피부가, 손목에 걸린 브레이슬릿은 딱…

자기도 모르게 소영은 이력서를 내리고, 하민은
그런 소영을 보고, 그런 시선이 아주 익숙하다는 듯
바라본다. 그리고 웃는다. 아… 정신을 차려야 한다.

소영 페이는 삼백, 가능하면 현금으로,
하민 (허락 없이 더 다가가며) 그건 보내주신 계약서랑
    조금 다른 것 같은데?
소영 칠백은 말이 안 된다고 생각하지 않나, 그쪽도?
    이런 건 그냥 파트타임 같은 거잖아.
하민 (이제는 식탁까지 와서) 계약은 남편분과 하는 걸로
    알고 있었는데.

잔뜩 찌푸린 얼굴은 어떨까?

소영 (손바닥을 옷에 닦으면서) 페이는 내가 지불할 거고,
    협상을 할 거면 그냥 나가주면 될 거 같은데.
하민 (서류를 마음대로 살펴보면서) 당장 사람이 필요하다고

들었는데?

소영　이런 일을 할 사람은 어디서든 하루 이틀이면 구해.

하민　그렇진 않을 것 같은데. 번거로운 게
　　　싫으시다면 특히.

소영　그쪽은 뭐가 다른가 보지? 이런 일을 하는데도
　　　무슨 자격 같은 게 필요한가?

하민　(서류를 내리고 빤히 바라보며) 아까 밖에서 만난
　　　아이가 마음에 들어서요.
　　　그 애도 제가 마음에 드는 것 같고. 일단은 그거면
　　　서로 충분하다고 보는데.

(재밌다는 듯) 기다려

또 목소리가 들리자 이번에 소영은 신경질적으로
고개를 돌려보지만, 역시 소영의 눈에는 아무도 보이지
않는다. 그때 하민의 손이 소영의 목에 다가오는데…

소영　뭐해?

앉아

하민　목 뒤쪽이 경직된 것 같아서,

소영　그래서?

일어나. 이리 와.

23

목소리가 끝나기도 전에 소영이 카드를 꺼내 현금과
함께 식탁에 올려둔다.

소영 필요한 건 당분간 이 카드로 써. 현금이 더
  필요하면 청구하고.
하민 (카드를 받아들며) 페이는?
소영 다음 달에. 내가 알아서.
하민 아이 이름은 뭐라고 부를까요?
소영 (멀어지면서) 그건 그쪽이 알아서.
하민 (장난스럽게) 그럼 그쪽은요? 당분간 집에서만
  지내실 거라고 들었는데,
소영 선생님이라고 불러. 29살이면 하민 씨,
  레지던트들 나이잖아. 그치?

소영이 급하게 거실을 벗어나 욕실로 들어간다. **어두운
욕실 속에서 노트북만 혼자 빛을 발하고 있다.** 허공을
비추는 그 불은 아마 앞으로 한참 동안 꺼지지 않을
것이다. 다시 또 어디선가 알 수 없는 곳에서, 처음에
들렸던 간지러운 비트가 흘러나오고, 소영의 얼굴에서는
표정이 서서히 사라진다. 소영이 유일한 빛을 따라서,
노트북으로 손을 뻗고, **미정이** 거실로 들어온다.
미정은 익숙하게 소영의 캐리어를 열고, 짐과 옷들을
잔뜩 꺼낸다. 거실을 정리하면서, 미정은 물을 올려
그 소영의 속옷들을 전부 삶기 시작한다. 소파 주위에만
머물던 숙례 씨도 이제 미정을 따라 사방을 움직인다.

자세히 보니 숙례 씨는 유치하게 날개를 6개나 달고
있을지도 모르겠다. 선글라스를 머리 위에 끼고 있을지
모르겠다.

글을 읽지도 쓰지도 못하는 숙례 씨가 이룬 일가와 재산을
보고 언제부턴가 사람들은 축복이라고, 기적이라고 말하곤
했다. 그러나 네가 숙례 씨를 처음 만났을 때, 그때 숙례
씨는 결혼 적령기가 한참 지난, 신원 미상의 부유한 중년
여자일 뿐이었다. 그밖에는 모두 다 소문뿐이었다. 숙례 씨가
전쟁 직후 갑자기 어디서 그렇게 큰돈을 들고 나타났는지.
갑자기 왜 자신의 재산으로 기업을 운영해줄 남편을 찾고
있는지. 혹자는 숙례 씨가 망명해버린 친일 기업가의 자산을
물려받았다고도 했고. 몸을 팔아 번 돈으로 미군정의
귀속 재산을 헐값에 매수해 되팔아왔다고도. 유명 배우의
사생아라고도 했지만, 그중 유일하게 소문이 아니었던 건,
숙례 씨가 명백하게 많은 돈을 가지고 있다는 사실이었다.
네가 숙례 씨를 처음 만난, 그 성대한 결혼식, 신부가 모든
비용을 지불한 혼례품. 그중에서도 너는 곳곳에 금실로 수놓은
봉황들이 유난히 기억에 남는다고 했다. 네가 직접 그걸
수놓느라 며칠을 지새웠기 때문이다. 걸신들린 듯 먹어치우는
하객들을 위해 과일을 깎던 네 엄마, 다른 식모들을 피해서,
너는 그때 모처럼 병풍 뒤에 숨어 책을 읽고 있었는데.
한참이 지나서야, 숙례 씨가 자기를 아주 오랫동안, 빤히
보고 있었다는 걸 알고는, 너는 너무나 당황해서, 뜨끔해서,
뜬금없이, 밖에 눈이 내리고 있다고 말해버렸다. 파묻혀 버릴

만큼 많은 눈이 내렸다고. 보시겠냐고. 당시 너는 한 번 입을
열면 멈출 줄을 몰랐다. 너는 눈치를 봐야 했고 사람들이 무슨
말을 듣고 싶어 할지 몰라 일단 많이 말해야 했고…

소영은 노트북으로 무언가를 밤새 읽고 쓰고 있다.
아침을 차리면서 미정은 소영의 속옷을 정갈하게
개고 있다.

네 입을 막기 위해 숙례 씨는 네게도, 마당에 찾아온 개에게도
음식을 나누어주면서, 숙례 씨는 너에게 여기서 봉급을 받고
있냐고 물었다. 그럴 리가. 그러자 숙례 씨는 처음으로 얼굴이
붉어졌는데, 숙례 씨는 네 인생이 그 정도로, 먹고 싸고 자는
걸로 끝나선 안 된다고 했다. 그러면? 금은 태양의 땀. 은은
달의 눈물. 화폐는 인간이 만들어 낸 날개다. 그리고 지금
이 시대에 가장 힘이 센 종교는 돈이라고. 숙례 씨는 자신이
어떻게 이 많은 것들을 소유했는지, 그 비밀을 너에게만
알려주겠다고 했다. 어차피 말을 해도, 지금은 아무도 믿지도
믿을 생각도 하지 않지만, 자신에게는 천사가 하늘로 다시
돌아가려는 것처럼, 본능적인 직감이 있다고 했다.

미정이 계속 알짱대던 숙례 씨에게 음식을 나눠준다.
미정이 소영에게 아침을 가져온다.

소영   (여전히 노트북을 보면서) 직접 보니까 생각보다
     끔찍했어?

미정   안 먹어?

소영   그래서 시체를 숨겨주는 거야?

미정   난 본 대로 법원에 다 말했어.

소영   침대에서 시체가 그대로 사라졌다고? 그걸 나보고
     믿으라고?

미정   안 믿으면 네가 어쩔 건데? 안 먹으면 가져간다?

소영   (가져가려는 접시를 잡으며) 아직도 잠을 못 자?

미정   언제 돌아갈 거야?

소영   밤새 시끄럽게 돌아다니던데.

미정   상속까지 얼마나 걸린대? 언제까지 여기 있어야
     하는데?

소영   그건 뉴욕에서도 거의 처리가 가능한데.

미정   그럼 여기서 뭐하는데?

소영   좀 쉬려고.

미정   거짓말을 할 거면 아예 제대로 하지?

소영   정말인데?

미정   죽을 때가 되면 안할 짓을 한다던데.

소영   내가 말한 건 생각해봤어? 4기면 입원 치료가
     나을 거야.

미정   응, 의사질은 네 동네 가서나 해.

소영   6달 정도 남았다고 들었는데.

미정   그래서?

소영   들어갈 병원은 내가 새로 알아봐줄게.

미정   네가 왜?

　　　소영이 대답 대신 자리에서 일어나 거실로 간다.
　　　기지개를 펴고, 주머니에서 약병을 꺼내 약을 정량
　　　삼키고, 폰을 꺼내 랜덤으로 클래식 음악을 튼다.

소영   말했잖아. 쉴 거라고. 그러니까 미정 씨도 조금
　　　나를 도와주지?

　　　미정이 잠깐 소영을 바라보다가, 그대로 남은 접시를
　　　들고 퇴장한다. 혼자 거실에 남겨진 소영은 본격적으로
　　　움직이기 시작한다. 그런데 방금 한 말과는 모순되게,
　　　마치 한 번도 놀아본 적 없는 학생처럼, 식탁에 앉아,
　　　습관처럼 폰 스크롤을 내려 메일을 확인하다가, 이러면
　　　안 되겠는지 폰을 꺼버리고, 이리저리 오가며 눈에
　　　거슬리는 것들을 이리저리 재배치해본다. 그러다 어제
　　　숙례 씨가 누워 있던 소파도 움직여보려고 하지만…
　　　무거워서 포기하고, 소영은 이내 결심한 듯, 식탁
　　　위 아까 남긴 음식 옆에, 팝콘을 꺼내고, 캐리어에서
　　　말차를 꺼내서, 말차를 조심스럽게 내려보고,
　　　노트북으로는 애플 TV를 켜고, 내셔널 지오그래픽을
　　　틀고, 무더운 대낮에 하마들이 싸우고 있다는 동물
　　　다큐를 틀어놓고, 그 옆에서 소영은 요가를 시도한다.

아주 기본자세부터 시작하는데… 뻣뻣하고 어설퍼서,
그대로 엎어져 버린 소영. 일어나지 못하는데,

일어나

잠깐 잠잠해졌던 전자음과 함께, 목소리가 또 들려온다.

일어나!

다큐 나레이션은 이제 더 이상 알아들을 수가 없고,
그 목소리에 짜증이 난 소영이 간신히 몸을 일으켜
식탁으로 간다. 소영은 결국 노트북에서 재생되던 동물
다큐를 정지하고,

이리 와

때마침 어제 남은 샴페인이 유혹적으로 소영을 바라본다.

이리 와

소영은 참다가, 참아보다가, 스멀스멀, 자기도 모르게
샴페인을 향해 손을 뻗으려는데…

빨리 이리 와!

그때 하민이 씻고 나온 듯 머리를 말리며 나온다.
하민은 청록색 짧은 팬츠를 입고 있다. 성큼성큼
다가와서는, 하민은 소영이 잡으려던 샴페인을
자연스럽게 식탁 아래에 치워두고,

하민 (식탁 위 열려있는 노트북을 보고는) 소리 내서
　　읽어드릴까요?
소영 아니? 왜?
하민 어제부터 같은 페이지만 계속 보고
　　계신 것 같아서.
　　안경이라도 가져다 드릴까요?

하민은 아무렇지 않게 바로 소영의 옆에 앉는다. 하민은
마치 자기 집 부엌에 있는 것처럼 자연스럽게 식탁 위에
남아 있던 음식과 바나나를 꺼내먹는데⋯

혼자 다른 계절을 살고 있는 것처럼 넌.

또 목소리. 하민은 어느새 바로 옆까지 의자를 붙이고,
모니터를 허락도 없이 들여다본다.

비누향에, 움직일 때마다 하얀 허벅지가

하민 논문 같은 건가? 은퇴하실 거라고 들었는데.
　　그러면 이제 아무 일도 할 필요가 없는 건가?

소영　왜 집에서 수영복 바지 같은 걸 입고 있는데?

하민　제가 더위를 많이 타서. 그럼 그걸 다 어디에
　　　써야 하지?

　　　마치 자기가 가지게 될 돈인 것처럼, 그걸 곰곰이
　　　생각하는 듯, 하민은 어느새 음식을 다 먹어치우고.
　　　생수병을 열어 물을 한 번에 다 마셔버린다. 소영은
　　　그 모습을 보다 정신을 차리려는 듯 그대로 자리에서
　　　일어나는데,

앉아

하민　(샴페인 잔에 물을 따라서 건네면서) 소영 씨,
　　　애는 없어요?

(소영이 가려는데) 기다려

소영　왜, 있으면 네가 그 애도 돌봐주려고?

하민　남편 분은, 에디는 다정해 보이던데?
　　　지금까지 만나본 남편들 중에 가장 잘생겼고,
　　　나이스하고.

소영　그쪽 취향이면 소개해줄까? 곧 이혼도 할 건데.
　　　어때?

하민　(아랑곳하지 않고) 저도 딸이 있어서, 그래서
　　　물어봤어요.

소영 (관심 없다는 듯) 아, 그래?

하민 20살에 결혼을 해서.

소영 그럼 애는?

하민 20살 때, 전 와이프가 다행히 충분히 연상에
　　　부유해서.

소영 (호기심을 더 이상 참지 못하고) 전?

하민 (빈 네 번째 손가락을 보여주며) 네, 전.

소영 (다시 차갑게, 멀어지면서) 그건 다행이네.

하민 (따라가면서) 산책을 갈 건데, 같이 갈래요?

소영 아니.　　　　　　　　　/ (숙례 씨) **웅**

하민 은퇴한 거면 당분간 할 게 없는 거 아닌가?

소영 할 게 왜 없어?　　　　/ (숙례 씨) **가자**

하민 쉰다면서, 하루 종일 여기서 노트북만
　　　들여다보려고요?

소영 (멈춰서) 개털에는 알러지가 있어서.

하민 (역시 더 다가가면서) 무서워하나?

소영 알러지가 있다고 했는데?

하민 그럼 여기에도 못 있을 텐데? 사방에 털이
　　　날리는데?

소영 그냥 개가 싫어, 됐어?

하민 왜? (이제는 소영을 가지고 놀고 있다) 귀여운데.

소영 더럽고, 시커멓고. 시끄럽고, 냄새나고.
　　　통제도 안 되는 건 질색이야.
　　　그리고 대체 언제부터 개를 싫어하는 데 이유까지
　　　필요했는데?

하민   아,

소영   그러니까 그런 건 돈을 받은 그쪽이 알아서 좀
       해주지?

       그리고, 호칭은 저번에 분명히 말을 했던 것 같은데—

그러자 하민은 알아서, 그렇게 하겠다는 듯, 아무렇지
않게 소영이 보는 앞에서 옷을 갈아입는다. 얇은 코트를
걸치고, 팔찌를 늘어트려, 손목에 걸면서, 하민이
소영에게 다가온다. 바지 주머니를 뒤져 반지를 꺼낸다.
소영의 결혼반지다.

하민   이거, 선생님이 욕실에 두고 간 것 같아서.

하민이 나간다. 그리고 미정이 들어온다. 그런데
미정은 빤히 소영을 바라보면서, 피식 웃어버린다.
뭐, 왜 웃는데? 소영은 하민이 따라놓은 물을 한 번에
들이킨다. 소영은 하민과 다른 방향으로 퇴장한다.
어디선가, 시끄러운 음악이 흘러나온다. 미정이 숙례의
소파에 다가가 앉고, 숙례는 반가워하며 그 옆에서 또
자유롭게 움직이기 시작한다.

개는 하루 세 번, 너와의 산책을 좋아한다.
너는 아무런 저항이 없으니까.

산책을 마친 하민이 다시 거실로 와 파이를 굽기

시작한다. 달콤하고 향긋한 향이 퍼져나간다.
하민이 소파에 앉아 있던 미정에게 남은 블루베리를
가져다주고,

너는 일어나고 싶을 때 일어나고 자고 싶을 때 잔다.
씻고 싶을 때 씻고, 벗고 싶을 때 벗고, 먹고 싶을 때 먹고

아직 해가 뜨기도 전 새벽, 동시에 잠에 들지 못한
소영이 거실로 나온다.

하민 (못 잔 걸 알면서) 좀 잤어요? 계속 소리가 나던데?
소영 지금이 몇 시인지 알지?
하민 새벽 네 시?
소영 미정 씨는 여기서 또 뭐하는데? 내가 더 이상
　　　나오지 말라고 하지 않았어?

미정은 대답할 생각은 전혀 없이, 소파에 앉아 영화를
감상하듯 두 사람을 바라보며 블루베리를 팝콘처럼
입안 가득 먹고 있다. 소영이 음악을 끄려고 하자,

하민 딸이 보내준 건데.

소영은 차마 끄지 못하고, 해탈한 듯 식탁에 앉는데,
향이 퍼지고, 오븐으로 자꾸 눈이…

하민   그리고 일어나 계신 것 같아서. 블루베리 파이를
      굽고 있는데.
      기다렸다 먹을래요?

소영   왜 자꾸 다른 걸 돌보려고 들지?

미정   먹어봐, 딱 네 입맛일걸?

하민   (웃으며 오븐을 확인하고) 5분 정도 남았는데.

소영   그 다음엔, 뭐, 우리 앞에서 스트립 댄스라도
      춰주려고?

하민   선생님들이 원하면?

미정   (우물거리며) 엄청 달아, 신맛은 하나도 없어.

소영   (장난하나 진짜) 아, 그래? 그런데 나는 잠을 좀
      자고 싶은데?

하민   불면에는 달콤한 디저트가 좋다던데.

      (또 목소리) 너는 누가 너를 기다리는지 알고 있다.
      언제 정확히 너를 필요로 하는지

소영   (들리는 소리를 자르고서) 이런 식이구나?

      (숙례 씨가 눈치를 좀 보다 다시 입을 열어본다)
      누가 너를 가지고 싶어하는지

소영   (또 잘라버린다) 이렇게 하고 팁을 받는 거야?
      (이번엔 숙례 씨가 입을 열려고 하자마자)
      남의 개를 돌봐주고,

거기 딸린 고객들도 돌봐주고?

하민　그것도 선생님이 원할 때만?

**아주 멀리서 또 들려오는 전자음. 미정은 그 풍경이
재밌다는 듯 소영과 눈을 마주치며 또 피식 웃고,
풀이 죽어 있는 숙례 씨를 데리고 유유히 퇴장한다. 그
미소에 발끈한 소영.**

소영　하민 씨는 그래서, 그렇게 돈을 모아서
　　　뭘 하고 싶은 건데?
　　　앞으로 계획이 뭐야?

하민　(못 들은 척) 오늘은 같이 가볼래요? 산책에서
　　　돌아올 때 우유를 사올까요?

소영　30살에 바라도, 재즈 카페라도 차릴 생각인가?
　　　아니면 혹시 하민 씨도 패션 니힐리즘 신봉자야?
　　　아무 노력도 하지 않는 이유는 이미 결말을 다
　　　알아서 그런 거고?

**소영이 넘어가 줄 생각이 없어 보이자, 하민도 파이를
오븐에 넣고 옆에 와 앉는다.**

하민　상담을 해주시려고요? 보통 그런 질문으로
　　　상담을 시작하나?

소영　아니. 난 그냥 하민 씨 계획을 묻고 있는 거야.

하민　왜?

소영 자꾸 하민 씨도 여기 있는 동안 나한테 뭔가를
      해주려고 하는 것 같길래.
      나도 내가 해줄 수 있는 걸 해주고 싶거든.
하민 그런 거면 저는 지금도 제 일상이 충분히
      만족스러운데. 선생님 덕분에.
소영 이렇게 골드 디거처럼 사는 게?
하민 (웃으며) 네. 도그 워커로 지내는 게.
소영 그럼 이 일이 끝나면? 새로운 고객 말고,
      나는 그 다음을 묻는 거야.
      그런 얼굴로 지금 이렇게 사는 건 나한테도 충분히
      합당해보이지만,
      그게 일이건, 사람이건. 원하지 않더라도 분명
      어느 시기에는,
      결국 하민 씨도 계속해서 쫓고 싶은 뭔가를
      만들어야 할 때가 올걸.
하민 늘 불면증에 시달리면서 은퇴를 꿈꾸는 네
      고객들처럼?
소영 자기는 예외라고 착각하는 대부분의 환자들처럼.
하민 선생님은 어느 쪽인데?
소영 난 하민 씨가 태어날 때쯤부터 이 일을 했어.
      최근까지도 환자가 나가면 나는 다시 논문을
      찾아봤고.
      그건 내가 어떻게든 채우고 싶은 뭔가가 거기
      있다고 믿었기 때문이야.
      거기에 내가 얼마나 애가 탔는지 알아? 스스로한테

37

늘 얼마나 화가 났는지?

그런데도 난 그게 내 전부라고 해도 좋을 만큼
그 일이 즐거웠어.

지금 난 하민 씨가 꼭 뭔가를 찾고, 이루고, 성취해야
한다는 게 아니야.

어떤 의미나 가치를 찾게 될 거라는 것도 아니고.

내가 하고 싶은 말은,

하민 씨 삶이 틀렸다는 게 아니라, 이제 막 시작됐을
뿐이라는 거야.

그 삶이 계속되려면, 하민 씨도 지금 어떤 의지를
가져야 한다는 거야.

하민 그럼 오후에 같이 드라이브를 다녀올까?

소영 가서 뭘 할 건데?

하민 공항에 가서, 선생님이 대신 예약해준 항공권으로,
그게 어디든 지금도 해가 타는 듯한 나라를
찾아가서.

내려서 나는 선생님이 준 돈으로 그날 먹을 장을
보고

선생님은 바닷가에 누워서 선탠을 하고, 책을 보고,

소영 내 말을 듣긴 들은 거지? 그게 여기서 하는 거랑
뭐가 다른데?

하민 거기서 개를 기르는 새로운 친구를 사귀고
산책을 하는 거지,
초대 받아서 맛있는 요리를 해먹고, 자정까지 떠들다
새로운 파이를 굽고,

조금 더 떠들다가, 춤을 추다가, 모두가 잠들면 그때
우리는 한 번 더 산책을 나가서, 같이 걸으면서.
우리한테 생긴 새로운 선택지를 각자 고민해보는
거야, 여기에 남을까. 아니면 미리 예약한
항공권으로 다시 이 집에 돌아올까.

소영 정신은, 뇌는 그렇게 단순한 게 아니야. 그런 건
계획이 아니라 몽상이고.
그런 식으로 찾은 몽상에는 결국 다 끝이 있어.

하민 난 언제든 그걸 받아들일 준비가 되어 있고.
나한테 선생님이 말한 의지가 있다면,
내가 늘 쫓아가고 싶은 건 내 몸의 가벼움이야.
아침에 푹 자고 일어났을 때, 몸에서 느껴지는
달콤한 가벼움.
어디로든 가고 싶어지면, 언제든 갈 수 있는 가벼움.
그것보다 나를 만족스럽게 해주는 건 없는데.

소영 도피처를 만들어서 옮겨 다녀봤자 결국
반복되고 익숙해져.
꿈에 그리던 낙원도 네가 이주한 순간 지옥이 돼.
거기서도 똑같다는 걸 느끼는 순간 인간은
무기력해지는 거야.

그때 띵, 오븐이 울리고, 소영의 시선이 돌아가고,
그때 하민이 다가와 잔뜩 긴장되어 있는 소영의 목
주변을 터치한다. 이번에 소영은 시선을 피하지도 않고
거부하지도 않는다.

하민   그게 주는 건 겨우 하룻밤의 실망감이잖아.

소영   고용인이랑 늘 이런 식으로 관계를 맺나?

하민   난 거기로 가는 길이 내내 즐겁기를 바랄 뿐이야.

　　　선생님이 요즘 내가 산책에서 돌아올 때마다 거실에
　　　나와서 기다리는 것처럼.

　　　결말을 다 알면서,

　　　아직도 나랑 대화를 하고, 땀을 흘리고,

　　　나를 통제하려고 하는 것처럼.

소영   가만히 있어.

하민   난 선생님이 뇌에 대해 말할 때도 크레이프
　　　케이크에 대해서만 생각했어.

　　　다음엔 그걸 해서 한입에 먹고 싶다고.

소영   (자꾸만 손을 바지에 닦으면서) 가만히 있으라고―

하민   (자꾸만 움직이는 소영의 손목을 잡으면서) 앉아.

　　　하민은 소영이 반응하고 있다는 걸 알고 있다.

하민   기다려. 내가 지금 원하는 건 그렇게 아주
　　　단순한 거야.

　　　소영 씨는 지금 뭘 원하는데?

　　　말이 끝나기도 전에 소영이 자기도 모르게 손으로
　　　하민의 손목을 잡아버린다.

　　　그리고 그때, 에디가 들어온다. 하민도 손을 빼지

40

않는다. 대신, 하민은 에디가 보는 앞에서, 팔찌를 풀어,
소영에게 건네 준다. 에디는 그 모습을 보고 또
소영의 눈을 보고 웃지만, 소영은 그 눈을 바라보지도
않는다. 에디는 또 샴페인을 들고 왔다.

에디　밖에 전등이 고장 났나 봐. 꺼지질 않아.
하민　제가 보고 올까요?
에디　아니, 내일 따로 사람을 불러야겠어,
소영　여긴 왜 왔어?
에디　(샴페인을 들어보이면서) 당신 형제들이 선물이랑
　　　서류들을 좀 전해달래서.
　　　(팔찌에서 시선을 떼지 못하며) 하민 씨도 같이
　　　한 잔 할래?
하민　저는 술을 못해서요. 한 잔만 마셔도 얼굴이
　　　빨개져서.
에디　그래? 아쉽네. 마셨으면 우리도 더 즐거웠을 텐데,
　　　그렇지 소영 씨?

　　　소영이 대꾸 없이 방에 들어가는 걸 보고 말을 돌리며

에디　헬렌은 요새 어때?
하민　헬렌?
에디　그 개 말이야, 상태가 괜찮은 것 같아?
하민　덕분에 드디어 이름을 알았네.
에디　사실 내가 마음대로 이름 붙인 거야,

매번 올 때마다 개가 바뀌어서. 에이미, 고든, 헬렌…
그러니까 너무 애쓰지는 마. 이 집에 개가 몇 마리나
있었는지 알면 놀랄걸.

누가 봐도 만취한 에디는 과도하게 큰 목소리로 말하고,
하민은 그 말이 아주 유쾌한 농담이라는 것처럼
웃으면서 밖으로 나간다. 그리고 펑, 이번엔 큰 소리가
나며 샴페인이 열린다. 둘만 남은 집에서, 에디는
샴페인을 가득 따라서, 그대로 전부 마신다. 에디는
이미 눈 주변이 빨갛게 달아올랐지만, 의식만큼은 어느
때보다 선명하다.

에디 다음엔 당신도 꼭 같이 나오래. 골프장에서
    보자던데.
소영 결론이 뭐야?
에디 벌써 기사들도 잔뜩 내보냈대. 나보곤 재단
    이사 자리로 먼저 가라더라고.
    당신에게도 말 좀 잘 해달라고, 앞으로 우리가 받게
    될 것들을 떠올려보라면서. 그런데 내가 가게 될
    거라는 재단에서 올해 준비 중인 전시 주제가 뭔지
    알아? 가상현실의 시뮬라크르 속 배설이래.
    아… 내 작가들이 그 원숭이들을 직접 한 번
    만나봐야 하는데,
    그러면 내 일이 얼마나 터무니없는지 알게 될 텐데.

나는 애써 그 원숭이들을 구슬려서 작가들을
후원하고, 후원금으로 작가들은 후원자들을
조롱하고, 난 그 작품들을 그 원숭이들 앞에서
다시 설명하고…

소영 결론이 뭐냐고 물었는데.

에디 당신은 일을 맡을 생각이 없다고 말하니까,
원숭이들이 단체로 턱을 긁으면서 탄식하는 연기를
해주던데?

소영 (그 말에 몹시 즐거워한다) 그런 재롱을 놓친 건
아쉬운데?

에디 (덩달아 몹시 즐거워한다) 그렇지? 그러곤 걔들은
신나서 자꾸만 당신을 동정하길래, 여태 인연을
끊었던 당신을 자꾸 경시하길래, 그래서 난 당신이
대체 어떤 사람인지, 걔들한테 제대로 알려주고
싶어서 또 그 얘기를 했어. 걔들이 질려서 자리에서
먼저 일어날 때까지 또 우리가 처음 만난 날
이야기를.

소영 이혼 서류는 확인했어?

에디가 소영에게 다가가 손을 쓰다듬는다.
소영은 가만히 있다. 아무 표정 변화도, 움직임도 없이.
에디는 손가락에 결혼반지가 빠져 있는 걸 보면서.
소영의 손에 들린 팔찌를 보면서…

에디　그날 채리티*에서 당신은 겉보기엔 정말
　　　정확하게,
　　　4중주를 연주해주러 온 파트타이머처럼 보였잖아.
　　　처음에는 나만큼, 나보다 가난한 유학생으로
　　　착각했는데…
　　　당신이 대체 무슨 돈으로, 그 인기 없는 그림들을
　　　사들였는지 알았을 때 내가 얼마나 배신감이
　　　들었는지. 그런데 내가 그날 행사 때 당신이
　　　나와 확실하게 다르다는 걸 확신했던 건, 당신이
　　　춤을 출 때야.
　　　파티가 밝아지고, 시끄러워지기 시작하니까 당신은,
　　　아… 그때 흘러나오던 음악도 기억나,
　　　당신은 제정신이 아닌 사람처럼 추는데…
　　　처음엔 난 당신이 깨트려야 할 금기를 찾는 철없는
　　　여자애라고 생각했어. 그런데 당신은 거기서,
　　　당신이 아무렇지 않게 깨트릴 수 있는 수많은
　　　금기들을 시시해하고 있던 거야.

　　　에디가 흥얼거린다. Christmas time is here…
　　　Christmas time is here…

에디　그 안에 섞이려고 나는 그날 밤 내내 웃고 있었는데,
　　　당신의 그 지루한 얼굴을 보니까 너무 아찔해서,

＊　　채리티: 자선행사

44

그때부터 난 그 얼굴에서 도저히 헤어나올 수가
없는 거야.
행사가 끝나고, 그날 밤 만취한 당신이 접시를 깨고,
우리는 빈방을 찾고.
…그 뒤로 정말 충실하게 당신을 사랑했어.
일년 내내 난 당신에게 줄 크리스마스 선물을 몇
번이나 고민했어.
당신 취향은 갈수록 사치스럽게 변해서, 내 월급이
아무리 올라도 늘 부족했지만, 뭘 받아도 당신은 늘
일년 뒤면 그게 어디에 있었는지도 잊어 버렸지만,
그래도 난 그걸 떠올릴 때마다 정말 행복했어,
당신이 정말로 원하는 거,
그걸 당신이 받아들 때 그 순간의 얼굴을 보면 난,
이럴 수는 없을 거라고,
늘 나가던 교회도 끊고도 내 안은 늘 가득 찼어.

소영　당신은 말이 너무 많아졌어. 당신도 은퇴를
　　　생각해 봐.

에디　그런데 요즘은 도무지 난 짐작도 할 수가 없어.
　　　그 머리로 당신이 밤새 대체 무슨 생각을 하는지.
　　　잠도 자지 않고 뭘 원하는지…

**가만히 듣고 있던 소영이 에디에게 다가온다. 에디를
달래듯, 쓰다듬으면서,**

소영　알아. 나도 가끔은 이렇게 행복한 결혼생활은 없을

거라고도 생각했어.

매번 크리스마스 때마다 나 대신 한국에 가는

당신을 보면서 나는

당신이 귀엽다고도 생각했어. 당신은 늘 셔츠를

아주 적당히 풀 줄 알고,

손목에서는 늘 바디워시 향이 나고, 당신 목소리는

정말로 무해하고 근사하다고. 나는 웃긴 대화가

아니라 즐거운 대화를 원했고.

당신이 정말로 필요하다고.

에디　걔로도 부족하면 수면 마춰라도 받고 올래?

여기서도 갈 수 있는 곳을 알아봐 줄게.

돌아오는 길에는 호르몬 검사도 받아보자.

우리도 그럴 나이가 된 것 같아.

소영　그런데 지금 당신한테 필요한 건 금발이 나오는

블루레이 포르노 몇 편이야.

에디　그래서 당신이 늘 느끼던 그 지루함이,

그 충동이 아직도 가시지 않는 걸지도 몰라.

소영　지금 당신은 취해서 내 말을 제대로 듣지 않고 있고.

에디　아니야, 소영 씨, 알잖아. 나는 아무리 마셔도,

당신이랑 다르게 나는 어떻게 해도 취하지 않아.

이럴 때마다 당신이 강박적일 만큼 같은 사이즈인

애들을 만나는 것처럼.

나도 달리 뭘 해야 할지 모르겠어서 그냥, 그냥 나도

마시는 것뿐이야.

그게 거슬리면 나도 당신처럼 술을 끊어볼까?

휴직을 신청할까?
같이 휴가를 갈까? 저 소파를 치워줄까? 당신이
말하면 나는 지금도 뭐든 할 수 있어. 어젯밤에 벌써
컨테이너가 출발했대. 짐이 오기 전에, 내가,
내가 뭘 하면 될까?

소영이 에디의 입을 막는다. 익숙한 장난처럼. 아주
따듯하게.

소영   벗어.

순식간에 에디가 잠잠해진다. 소영이 손을 뗀다.

에디   이제라도 우리 아이를 가져볼까?
소영   들어가.

에디는 잠시 멈칫하다가, 이제 완전히 입을 닫고 고개만
끄덕이며 마치 고백이라도 받은 것처럼, 순종적으로,
옷을 벗는다. 말 잘 듣는 짐승처럼, 욕조에 들어가
소영을 바라보지만…

소영   씻어, 씻고, 자고 일어나서, 나가.
지금 난 뭔가 새로운 걸 더 원하는 게 아니야.
뭔가 더 해야 할 이유를 모르겠어.

에디의 기대와 달리, 소영은 팔이 긴 가운을 걸치고,
욕조에서 멀어진다.
에디가 욕조에 머리를 박는다.

소영은 거실로 나온다. 식탁 위에는 블루베리 파이와
우유가 있다.
식탁에 앉은 소영은 노트북을 켜고, 또 노트에 빼곡하게
화면 속 단어들을 옮겨적다가, 그 파이를 가만히
멀리서만 바라보다가,

소영은 자기도 모르게 파이를 포크로 조금 맛보는데…
이내 소영은 노트북을 덮고, 게걸스럽게, 정말 맛있게,
포크로, 나이프로, 손으로, 남아 있던 파이를 전부
먹어 치운다.

그때 수건으로 머리를 닦으며 하민이 옷을 반만 걸친
채 나온다. 동시에 하민 근처에서는, 이번엔 스테이시
켄트의 전주 같은 부드러운 음악이 흘러나온다. 그런데
신고 나온 양말은 짝짝이에, 널브러져 있던 옷 중에
냄새를 맡더니 아무거나 대충 걸치고, 음악이 나오는
패드를 올려놓고, 책상 위에 널브러진 소영의 빼곡한
종이들을 아무렇지 않게 살펴보는데…

왜 내가 숨지? 분명히 눈이 마주쳤는데도, 소영은
자기도 모르게 욕실로 가 숨는다.

하민은 패드로 재생되는 음악에 맞춰 피아노를
연주하기 시작한다.

소영은 하민이 연주하는 모습에서 눈을 뗄 수가 없다.
자기가 보고 있다는 걸 하민이 알고 있다는 걸,
그걸 알면서도…

소영은 노트북을 내려놓고, 욕조 안에 들어간다.
가만히. 온몸에 힘을 풀고, 대자로…

그러자, 그 안에서 서서히 빛이 새어나오기 시작한다.
욕조는 점점 더 밝아지고, 동시에 음악은 이제 무대
전체에서, **스파크처럼,** 전에 머릿속에서 들렸던 온갖
알 수 없는 전자음들이 섞여들고, 점점 더 고조되고,
폭죽처럼 터져가고, 쌓여가는 소리와 빛을 따라서,
전과 달리 소영은 이번엔 쾌감을 느낀다. 소영은
그저 대자로 뻗어 있을 뿐이지만, 우리는 그 모습을
볼 수 없지만, 소영은 분명히 그 속에서 자위를 한다.
소리는 이내 소영의 머릿속 밖으로까지 새어나와서,
이내 소영의 깨문 입술 속에서, 소영의 혀에서, 절정을
향해 더 커져가는 소리들과 함께, 어느 순간… 온몸의
모든 긴장이 풀어진다. 그 순간, 순식간에, 소리들은
사라져버리고,

소영은 그대로 널브러진다. 욕조 속에 들어온 빛은,

노트북 속 빛처럼, 이제 공연이 끝나기 직전까지 거의 꺼지지 않을지도 모른다. 연주를 마친 하민이, 욕실에 누워 있는 소영에게 다가와, 그 옆에 자연스럽게 앉는다. 소영도 더 이상 숨을 생각도 없어 보인다.

하민 하영이랑 지낼 때 나는 개랑 같이 온갖 악기를 배웠어.
  걔는 처음 언어를 배울 때부터 소영 씨랑 비슷한 난청에 시달렸거든.

  소영이 하민의 몸을 잡고, 끌어당긴다.

소영 얼마가 필요해? 부족하다 싶으면 차라리 넘치게 말을 해. 그게 훨씬 나아.
  (하민이 입을 열려고 하자) 난 지금 섹스를 원해.
  아무런 생각도 들지 않을 만큼의 섹스. 그대로 엎어져서 잠들 수 있는 섹스.

  욕조에서 나온 소영이 거칠게 하민을 눕히고, 옷들을, 특히 양말을 벗기려고 하는데,

하민 아닌 것 같은데. 소영 씨는 지금 긴 불면에 시달리고 있고,
  그걸 해소하기 위해서 날 데려온 것 같은데.

50

말도 끝나기 전에 소영이 하민의 입을 막는다.

소영　앞으로 이게 규칙이야. 나는 널 한 번 더
　　　고용하는 거야.
　　　앞으로 절대적으로 복종만 하는 거야. 이게 내가
　　　원하는 방식이야.
　　　난 이런 게 처음도 아니고,
하민　(손을 치우며) 소영 씨는 한 번도 부족함을 느껴본
　　　적이 없다.
　　　그렇지만 충만함은 다른 문제다.
소영　닥쳐, 어디서 쓰레기 같은 저널을 읽었나 본데
　　　닥치고 그 양말이나 벗고,
하민　자신이 배가 불렀다고, 사치스럽다는 걸 알면서도
　　　그걸 원하는 걸 멈출 수가 없다. 의사들은 늘 말했다,
　　　충만함, 그 개념은 위험하니 잘 다뤄야 한다고.
　　　잘못하면 결국 중력처럼 끌어당기는 공허함 속을
　　　벗어나지 못하게 될 거라고.
　　　그런데 대체, 그 보이지도 않는 개념을 어떻게
　　　다루란 말이지?

그러자 소영이 이번엔 가운을 벗고, 하민의 손을 잡고,

소영　나는 이제 그걸 어떻게 다뤄야 하는지 알아.
　　　네가 말한 대로, 이제 나는 아주 가볍고 산뜻한
　　　몸을 원해.

씻은 듯이 개운한 백지 같은 뇌를 원해.

하민 (손을 빼지 않고 깍지를 끼면서) 섹스가 아니라?

소영 나는 이제 나를 끌어당기는 것들을 전부
       정리하기를 원해.
       프리메드*를 신청할 때 내가 해결하고 싶었던 건
       아주 평범한 허기였어.
       어떤 병증이 아니라 불안. 그게 내가 해결하고 싶은
       전부였어.

하민 그래서 해결했어?

소영 20년 동안 이 일을 하면서, 정신의학, 신경과학,
       학위를 두 개나 달고도,
       미국에 가서도, 약물이나 상담, 돈, 지식, 어떤
       관계로도, 내가 알게 된 건. 아무리 채워도 나는
       내가 점점 더 빈 캔이 되어버리는 걸 멈출 수가
       없다는 거야.

       멀리서부터 또 전자음이,

소영 마지막 근무 날에는, 오래 본 환자가 자기 자녀를
       데리고 와서,
       우울한 얼굴로 한마디도 없이, 펠리컨처럼,
       내 입이 열리기만을 기다리는 그 애를 보는데,
       나보다도 풍족하게 자랄 걔를 보는데,

*   프리메드: 의과대학원 진학을 준비하는 학부 과정.

52

나는 그제야 내가 뭘 해야 하는지 받아들였어.

들리는 소리가 점점 더 가까워진다.

소영　지속적인 과각성과 긴장 때문이라고.
　　　운동선수들이 겪는 일종의 입스(Yips)* 같은 거라고.
　　　유별난 가정사와 이민, 부모와 트라우마 때문이라고.
　　　약을 먹고 잠을 자고 나면, 좋아질 거라고 말해주는
　　　대신에,
　　　내가 해준 말은 겨우, 다른 방법을 찾아보자는
　　　말이었어.
　　　사실 내가 처방한 약을 먹고 강제로 잠을 자도,
　　　너는 늘 같은 꿈을 꿀 거라고.

(숙례 씨가 무대 위에 나타난다)
너는 그날도 개를 데리고 산책을 나간다.
개는 너를 기다리지 않고 걸어간다.
너는 그냥 그 뒤를 따라간다.

소영　뇌가 자정 운동이라도 하는 것처럼, 거기서는
　　　늘 폭설이 내릴 거라고.
　　　차고지부터 가로등이 있는 언덕까지, 눈은 무릎까지

* 　운동선수들이 갑자기 평소처럼 기술 동작을 제대로 수행하지
못하는 심리적·신경적 장애 현상.

덮일 정도로 내리는데,

너는 늘 그 꿈의 결말을 까먹고 사방으로 뛰어다닐
거라고.

네 손에만 닿으면 눈이, 모든 게, 거기선 녹아내릴
텐데,

결국 절반이 넘게 녹고 나서야, 그제야 너는 드디어
지쳐서,

포기하고 바닥에 드러누워서. 팔다리를 최대한
벌리고.

눈을 뜬 채로 항복을 할 수 있을 거라고.

그때부터 눈은 녹지 않고 네 위로 쌓이기만 할
거라고.

너를 가득 덮어서 더 이상 네 눈엔 아무것도 보이지
않고.

그 안에서 넌 춥고, 겨우 편안해질 거라고.

개가 멈추면 너도 멈춘다. 한참을.

네가 통제할 수 있는 건 아무것도 없다.

너는 그날 그 개를 쓰다듬어 볼 수도 있을 것 같다.

소영   어릴 때 나는 그 풍경이라도 가져보고 싶어서,
매달 들어오는 돈으로 풍경화만 사들였어.
눈이 쌓인 언덕 위로 빛이 엮여드는 걸 담아낸
그림들.
어떤 사람도 개념도 담고 있지 않아서 관상용일

뿐인,

저렴한 취급을 받는 외광파* 작가들의 작품들.

하민 지금 그 그림들은 다 어디에 있는데?

소영 태평양 한가운데.

하민이 소영을 잠시 오랫동안 바라보다가, 자리에서
일어나 소영에게 다가와서… 뭘 하려는 거야?
그때 하민이 소영의 흰머리를 뽑는다. 아, 따갑다.
그다음 하민은 마치 당연하다는 것처럼 소영을 향해
손을 펴며 묻는다.

하민 갈까?

소영 (…손을 잡으며) 응.   / (숙례 씨) **응.**

---

*   외광파: 빛의 변화를 즉각적으로 포착하고, 자연광을 중시한
화풍.

소영과 하민이 퇴장하면, 미정이 등장해 숙례 씨의
옆에 나란히 앉는다. 미정이 자고 있는 숙례 씨를 돌려
눕히고, 머리를 땋아주고, 귀찮은 듯 손톱을 깎아주고,

미정 신이라고 생각했다. 네가 먹고 싸고 자는 걸 넘어
네 미래까지 다 관장하는 신. 엄마가 믿던 신보다
훨씬 더 힘이 강한 신. 그러면 모든 걸 마음 편하게
받아들일 수 있었다. 너를 고용한 그 신이 얼마나
민폐인지. 매일 밤 너를 얼마나 불편하게 하는지.
임신을 한 뒤로 밤잠이 없어진 숙례 씨를 위해 넌
늘 깨어 있어야 한다. 숙례 씨는 섹스가 충격적으로
시시하다고, 하품을 한 적도 있다고. 씻겨주는 내내
너로서는 전혀 알고 싶지 않은 사실들만 떠들어댄다.
너는 한 번도 노동을 해본 적 없을 저 거북한 흰 손.
스무살은 어릴 자신보다도 한참 어려보이는 숙례
씨의 주옥같은 피부를 그 말과 함께 씻겨주어야
한다. 또 그녀의 섹스가 얼마나 불만족스러웠는지는,
다음날 그녀가 주문하는 물건들을 보면 알 수
있는데, 처음에는 방이 세 개로 계획되었던 집은
점점 더 커져서, 이제는 손님을 끝도 없이 받을 수
있을 정도가 되었지만, 그렇다고 누가 그런 숙례
씨를 말릴 수 있겠는가.
모두 그녀가 만들어낸 돈으로 이런 호사를 누리고

있는데.

(어느새 일어나서는) **주치의가 말하길 생은 점점
길어진다고 했다. 우리의 자식들이 살게 될 삶은 끝도 없이
길어질 거라고. 그 긴 생을 한순간도 부족함 없이 채우려면
무엇으로, 얼마나 이 집을 더 채워야 할까. 얼마나 더하고
곱하고 불려야⋯ 숙례 씨는 생각만으로도 기쁨에 머릿속이
새하얗게 변했다. 아이를 가지고 싶어 남편을 사들인 숙례
씨는 이미 아이를 몇 명이나 낳을지, 그 애들이 각자 어떤 삶을
살게 될지를 매번, 아주 세세하게 너에게 말한다.**

미정 맞아요, 맞아요, 모든 게 잘 풀리고 있다.
   (숙례 씨의 귀를 당기면서)
   그러니까 제발 좀, 이제 밤에는 잠을 좀 자면
   안 될까.

**그렇게 잠이 많던 숙례 씨지만, 임신한 뒤로는 밤만 돼도
잠이 달아나버린다. 숙례 씨는 전에 자신이 벌어들인 것들을
머릿속에 떠올리다 간신히 잠에 들었는데. 이제는
너무나 커져버린 자신의 날개가 어디까지 닿아 있는지,
그걸 다 알 수가 없어서 불안하다고.**

미정 그러니 너는 날마다 말해줘야 한다.
   숙례 씨의 지시대로, 그 돈들은 윤활하게 흘러가서,
   정확히 도착해서,

얼마나 많은 나와 같은 이들이 그걸로 감사히 배를
채우는지…
그걸로 우리는 속옷을 삶고, 밥을 짓고,
우리가 남긴 음식으로 마당에 찾아오던 개도
포동포동 살이 올랐다.
털은 빳빳하고 깃이 아름답다. 그러니까 이제 좀,

숙례 씨는 그럴수록 더 미정을 품에 안고, 손도 놔주지
않는다.

숙례 씨는 네 봉급을 한 톨도 빠짐없이 모으고 있다.
그러니 늘, 언젠가 네 것이 될 그 돈을 떠올려보라고.
무얼 사고 싶은지, 유학을 가보는 건 어떤지. 그걸 받았을 때
처음으로 무엇을 하고 싶은지.

미정   몇 시간 뒤면 넌 다시 일어나 일을 해야 한다.
     아침을 차리고 이 큰 집을 정리하고, 요리하고
     빨래를 해야 한다.
     너가 바랄 수 있는 게 있다면, 너를 소유한 이번
     여자의 재산은 최대한 오래,
     크고 창대하게 이어지기를 바랄 뿐이다. 또 네가
     바랄 수 있는 게 있다면,
     넌 네 삶이 책 속의 마른 잉크보다도 건조하기를
     바랄 뿐이다.
     저런 여자들. 원하는 걸 반드시, 어떤 수를 써서라도

가지고야 마는 여자들.
저런 여자들은 처음에는 아주 뻔하고 다루기에도
쉬워 보이지만,
그 안을 막상 들여다보면 안개가 낀 비탈길이 깔려
있고,
그 너머엔 아주 깊은 골짜기를 숨기고 있다.
잘못 그 안에 발을 들였다간 순식간에 미끄러져
한참 떨어져버리고 말 거라고.
그러니 명심해야 한다. 저런 여자에게는 지금도
마당에 찾아오는 개와 내가 하등 다르지 않다. 돈,
술, 섹스, 과일, 옷, 늘 뭔가에 중독되어 있는 숙례
씨가 그중에서도 가장 중독되어 있던 건 사랑이었다.

하민이 들어와 미정과 숙례 씨 사이에 앉는다. 가만히
하민을 보다가, 그제야 숙례 씨도 미정의 손을
놓아준다. 미정이 자리에 일어나 퇴장하고, 소영이
들어온다. 어느새 소영의 손목에는 하민에게 받은 팔찌.
소영은 혼자서 염색약을 씻어내고 있다.

하민 염색해? 도와줄까?

하민이 말을 걸자 급하게 수건으로 머리를 감싼다.
오일향수를 바르고, 이제 자연스럽게 서로가 보는
앞에서 옷을 벗고, 자연스럽게 하민의 옷을 골라
갈아입혀 주고,

소영 아니, 일찍 돌아왔네?
하민 미정 씨가 수속은 혼자 하시겠다고 해서. 좀 잤어?
소영 푹 잤어.
하민 헬렌은?
소영 지쳐서 잠들던데. 데리고 다녀왔어 먼저.
하민 혼자?

소영이 태연하게 고개를 끄덕이자 하민이 웃으며
소영을 거실로 데려간다. 거실 식탁 위에는 토스트,
수프, 말차. 달콤한 음악이 흘러나오고 있다. 소영은
다시 음식의 냄새가, 맛이 느껴진다. 소영은 음식을
먹으면서 흘리고, 흘리는 음식을 하민이 아무렇지 않게
주워준다. 그러다 하민도 음식을 먹어보려 하지만,
소영은 노트북을 밀고 아무렇지 않게 하민에게…

소영 읽어줄래? 여기서부터 다음 단락까지.

하민은 상황이 황당하지만 익숙한 듯 웃고 안경을 끼고
소리 내서 논문을 읽어준다.

소영 너무 빨라.
    …뭐라고 했어?
    …그 전 문장. 그 바로 전.
    …너무 느려.

어느새 빈 접시와 소영의 상태를 확인하고, 하민이
노트북을 덮고 소영의 손을 잡는다.

하민 오늘은 여기까지 할까?

소영 일본에 나오시마라는 섬이 있는데.

하민 (자리에서 일어나며) 그래?

소영 (하민의 소파로 끌고 가서 포개지며) 섬 전체가
미술관으로 이루어진 곳이래.
다 정리되는 대로, 거기에 가볼까 봐. 거기엔 제임스
터렐 작품들도 있어.
네가 말한 벌꿀색 태양을 검색하다가 찾은 거야. 섬
안에는 차도 별로 없고,
개를 데리고 산책을 하기도 좋대. 맛있는 디저트
가게도 많고.
나오시마에서 일 년을 보내고, 질릴 때쯤 다른
도시로 옮겨가는 건 어때?

그때 달콤한 음악이 뚝- 끊기고 하민의 폰에서는
정신없는 알람이 울린다. 하민이 잡고 있던 손을 빼고,
소파에서 일어나 알람을 끈다. 일어나서 빈 접시를
치운다.

하민 산책 갈까? 이번에도 소영 씨가 직접 데려가 볼래?

소영 왜 대답을 안 해?

하민 뭘?

소영 네가 했던 말이잖아. 그 티켓을 내가
     끊어주겠다고.

하민 지금은 그 티켓이 필요 없어 보이는데?

소영 왜? 이 집만 정리되면 여길 떠나자고 내가
     말했잖아.

하민 그동안 우리 둘 다 생각이 변할 수도 있으니까.

소영 장소가 마음에 안 드는 거야? 따로 네가 가고 싶은
     곳이 있는 거면,

하민 그런 약속이 나한텐 필요하지 않다는 말이야.

소영 그럼 나를 위해서라도 고민해 봐.

하민 오늘 저녁은 뭘 먹을래?

소영 또 그렇게 넘길 생각하지 말고. 오늘도 네가
     원하면 난 어디든 가볼 수 있어.

하민 난 오늘 소영 씨한테 뭐가 필요한지 아주 잘 알 것
     같은데.

소영 다른 약속이 필요한 거야? 금전적인? 계약서라도
     새로 써주면 돼?

하민 (일어나 겉옷을 입으면서) 내가 처음 만난 고객은
     기업 간 M&A를 담당하는 변호사였어. 알코홀릭에
     일중독에, 계약을 마치고 오면 늘 놀이공원에 가서
     롤러코스터를 타자는 사람이었는데, 그 사람은
     치즈독을 3개나 먹고,
     개를 나한테 맡기면서 늘 약속을 했거든?
     저걸 타고 내려오면, 그 뒤에 전화로 퇴직 통보를 할
     거라고.

그런데 롤러코스터에서 내려오면,
그 사람은 늘 차를 타고 회사로 다시 자기를 데려다
달라고 했어.
내리기 전에 늘 나한테 핸드크림을 발라주면서, 늘
미안한 표정을 짓는데,
난 옆에서 아이스크림을 먹으면서, 그 사람이
딱하다고 생각했어.
그런 것까지 신경 쓰는 사람이 저런 일을 한다니.
그래서 난 그 사람이랑 결혼을 했어.

소영   난 그것보단 더 나은 사람이야. 그것보다 충분히
늙었고.

하민이 소영의 말이 끝나기도 전에 소영을 안고,
쓰다듬는다. 정말 다정하게.

하민   그래서 난 오늘 먹을 점심으로 스테이크랑 브리
치즈를 구울 거야.
정말 안 가?

하민은 소영을 지나쳐 먼저 나가버린다. 소영은 급하게
하민을 따라나가는데, 그 순간 빈 무대 전체가 전원이
꺼진 것처럼 깜빡, 불이 꺼졌다 켜진다. 그런데, 어느새
사라져 있는 식탁 주변의 의자들. 숙례 씨가 소파를
벗어나 또 무대 위를 움직이기 시작한다.

출산 후에 숙례 씨는 하룻밤 만에 그동안의 삶이 낯설어져 버린 기분이었다. 숙례 씨와 삶. 그 사이에 보이지 않는 거름망이 생겨버린 것 같았다. 방에 찾아온 의사들은 자꾸만 숙례 씨의 마음에 대해, 정신에 대해 묻는다. 숙례 씨가 왜 아이를 만나고 싶어 하지 않는지. 왜 이 방에서 나가려고 하지 않는지. 왜 사업에 더 이상 관여하고 싶어 하지 않는지. 그러나 숙례 씨는 그 질문들을 이해할 수가 없었다. 글을 읽지도 쓰지도 않는 숙례 씨에게 그런 질문은 소금기 없는 비스켓처럼 퍽퍽했다. 대체 정신이 뭔데? 마음이 뭔데? 숙례 씨는 나가고 싶지 않은 게 아니다. 보이지도 않는 거름망 때문에 나갈 수가 없는 거다. 숙례 씨의 몸은 펄펄 끓는데도 방 안은 난방이 고장이라도 난 것처럼 차다. 숙례 씨는 좁은 방에 맞춰 자꾸만 쪼그라들어 간다. 자꾸만…

소영이 먼저 집으로 돌아온다. 소영은 서성거리며 무언가를 생각하다가, 식탁 의자에 앉으려는데, 어디에도 그 의자들이 없다. 소영은 앉을 곳을 찾다, 숙례 씨를 지나쳐 소파에 앉는다.

그때 한참을 보이지 않던, 네가 남편이 처방 받아온 약과 위스키를 들고 드디어 들어온다. 일과와 저녁 식사를 마치고, 너는 요즘 전에는 보여주지 않던 생글생글한 눈웃음을 지으면서 숙례 씨에게 오는데, 그날 숙례 씨는 깨달았다. 네가 샴페인을 마시기 전 먹는 딸기 같다고. 네 몸선이, 피부가, 네 손목이. 비누향이. 늘 긴팔을 입는 넌 혼자만 다른 계절을 살고 있는 것 같고. 그 뒤로 너는 매일 같은 시간마다 숙례 씨의 방에 찾아오고, 숙례 씨는 요즘 그 순간만을 기다린다. 너는 늘 누가 너를 기다리고 있는지 알고 있다. 언제 너를 정확히 필요로 하는지. 아… 그래, 바로 이것. 바로 이 생생한 것. 지금도 꿈틀거리고 움직이는 이것. 아직 이것이 숙례 씨 안에 남아 있었다. 숙례 씨는 방 안에서 다시 거인이 되어, 날이 갈수록 날개를 숨기지 않고 말한다. 이리 와, 앉아, 숙례 씨는 날개를 펼쳐 매듭을 만들고, 너를 안는다. 그런데… 너는 그럴 때마다, 숙례 씨가 만든 매듭을 아주 조심스럽게 풀고, 또 생글생글한 눈웃음을 짓고, 약을 내려놓고, 공손하고 건조하게 인사를 하고, 그대로 문을 닫고 나간다. 이 감각은 뭘까.

어느새 들어온 하민이 거실에서 소영의 노트북을 보고 있다. 스크롤을 한참 내려보다가, 노트북을 덮고, 소파에서 잠든 소영을 잠시 가만히 바라본다. 하민이 자기도 모르게 소영의 머리에 손을 올리자, 소영이 놀라서 일어나 눈을 뜬다.

소영 뭐해?

하민 소영 씨 오른쪽 허벅지 뒤에 점이 있는 거 알아?

소영 (주위를 둘러보더니 어두워진 걸 확인하고)

　　　이제 들어왔어?

하민 드라이브 하다 보면 제일 먼저 나오는 집, 알지?

　　　그 집 주인분들이 잠깐 차를 마시고 가라고 해서.

　　　(다정하게) 저녁은 아직 안 먹었지? 저녁은

차려뒀으니까, 먼저 먹고 있을래?

소영 (다시 나갈 준비를 하는 하민을 보고) 너는? 어디 가게?

지금 들어온 거 아니야?

하민 혹시 이주 정도, 주말에만 그 집 개를 좀

맡아줘도 돼?

소영 그 집에도 개가 있어?

하민 미국에서 석사 중인 손녀가 있는데 방학이라고

갑자기 개를 데리고 왔대.

자기들은 당분간 해외에 나가 있어야 하고,

손녀 혼자 지내야 하는데 산책을 시켜줄 사람이

없다고 해서.

소영 그 손녀는 뭘 하는데? 걔는 손이 없어?

하민 유민 씨는 주말마다 외출을 해야 한대,

금방 친해져서 부탁을 거절하기가 어려웠어.

아, 지금 앞에서 기다리고 있는데, 같이 갈래?

만나보면 소영 씨도 좋아할걸.

소영 주말에는 거기서 지내겠다는 거야?

하민 응. 왜? 안 돼?

소영 …그러면 오늘은 그 애도 데리고 같이 오랜만에

차로 나갔다 오자.

집에서 먹는 것도 이제 지겨워. 너한테 해줄 말도

있고.

하민 (뭔가를 찾으며) 그래? 뭔데?

소영 내가 생각을 해봤는데, 이제 곧 크리스마스잖아.

그날까지 그냥 내가 결정할게.

어디로 가든, 내가 정하는 대로 너는 그냥 따라오면
돼.

하민 (못 들은 것처럼) 코트가 안 보이네, 맨날 입던 거,
혹시 못 봤어?

소영 너도 그게 더 편한 거지? 네가 실망할 일은 없을
거야.
떠나는 날도 더 당겨볼 수 있을 것 같아.
변호사가 미리 집을 내놓을 방법도 알아봐줬어.
…듣고 있어?

하민 (여전히 코트를 찾으며) 뭐라고?

코트를 찾다가 포기한 하민은 정말 소영이 하는 말을
알아듣지 못한 것 같다.

하민 피곤해 보여. 먼저 먹고 있어, 식으니까 기다리지
말고.

소영 네가 얼마나 나한테 선물 같은지 알아?

하민이 잠시 멈춰서 소영을 바라보다가, 웃고, 이마에
키스하고, 그대로 나간다. 잠시 멍해졌던 소영은 곧장
하민의 겉옷과, 캐리어를 열어 뒤진다. 온갖 곳을
뒤지다가, 소파 밑에서, 차 키를 발견한다. 그 차 키를
자신의 외투 속에 급하게 집어넣는 순간, 들어오고 있던
미정과 눈이 마주친다. 소영은 어린 애가 도둑질을 하다
걸린 것처럼,

소영 뭐해 여기서? 병원은?

미정은 신경도 쓰지 않고 창을 열고, 환기를 하고, 식탁
위 쓰레기들을 전부 모아 정리하고, 식탁 아래에서
무언가를 한참 고르다, 마치 이 집의 주인처럼,
익숙하게 LP를 튼다. 빌리 홀리데이의 I'll be seeing you
같은 음악이 흘러나온다. 미정은 에디가 전에 사왔던
샴페인도 꺼낸다. 미정이 술을 따라 마시고, 어디선가
받은 비타민 담배를 꺼내 핀다. 소영은 그 모습을
벙쪄서 가만히 바라보다가… 소영은 미정의 손에서
비타민 담배를 뺏어 핀다.

소영 걔가 준 거지, 이거?

미정은 대답 대신 LP 볼륨을 올리고, 숙례 씨가 있던
소파로 간다.

미정 네 평범한 결혼식 날이었다. 인모 가발공장을 하는
남자라고 한다.
그 이상은 더 묻지 않았다. 그러나 방에서 나와, 그
남자를 너에게 소개시킨,
말도 없이 저기서 해를 등지고 걸어오는 숙례 씨를
보는 순간,
네 마음을 네가 알 수 없는 것도,
전부 다 빌어먹을 빛 때문이라고 너는 생각했다.

68

별거 중이라는 숙례 씨는 기대보다 훨씬 더
멀쩡하고 정력이 넘쳐 보였다.
숙례 씨는 마당에 오던 개를 이제 아예 기르기
시작했다고 했다.
숙례 씨는 이번엔 부동산을 사 모으고 있다고 했다.

**담배를 다 핀 소영은 이제 캐리어를 열고, 자신과,
하민의 짐을 싸기 시작한다.**

미정   그날 숙례 씨는 자기가 모아둔 네 봉급을
      내어주면서, 처음으로,
      자기 입으로, 자기 이야기를 해주었다. 자신이
      기억하는,
      처음으로 자신이 가지려 했던 것에 대해,
      그것을 사들이기 위한 돈은 어디로부터 왔는지.
      자신이 어디서 왔는지에 대해. 너는 도저히 이해하기
      어려운 말들이었다.
      재벌이 되면, 저 정도로 돈이 많아지면 모두 미쳐
      돌아버리는 걸까.
      너는 숙례 씨가 왜 그런 머저리 같은 말을 하는지
      이해할 수가 없었다.
      그런데도 숙례 씨는 말도 안 되는 이야기를 정말인
      것처럼.
      정말 그렇게 믿는 것처럼 말했다. 그리고… 숙례
      씨는 부탁이 있다고 했다.

너에게 애를 맡기고 싶다고 했다. 돈을 조금 더
넣었다고 했다. 너무 태연하게 말을 해서 너는 잘못
들은 줄 알았다.

그리고 숙례 씨는 말했다. 그동안 통과해 온
삶을 통해 숙례 씨가 알게 된 건 아주 단순한
진실이었다고 했다. 누군가의 날개를 떼어내고
싶다면,

너는 그를 그가 찾던 낙원으로 데려가주면 된다.

2부
거세게, 그다음 느리고 여리게

4장. 이혼

거실. 시간이 얼마나, 며칠이 지났는지도 모르겠다.
무대가 많이 비어있다. 아직 소파는 남아 있다. 음악은
여전히 흘러나오고, 아직도 소영은 하민을 기다리고
있다. 소영이 음악을 끄고, 부엌에서 보관 중인
음식들을 꺼내 하나둘 먹어치우기 시작한다. 그러다
목이 막힌다. 습관적으로 식탁 위에 남아있던 샴페인을,
잔에 따른다. 거품이 터지는 소리. 소영은 잔과 그 속에
담긴 샴페인의 빛깔을 바라본다. 영롱하고 아름답다.

누군가 집으로 들어온다. 맨발로 나가는 소영. 에디가
들어온다. 기다리던 사람이 아니다. 다시 식탁에
돌아와, 샴페인을 망설임도 없이 마셔버리는 소영.

에디 짐들은?

소영 근처 센터에. 비둘기처럼 가져가던데.

에디 저 소파는?

소영 저건 도저히 둘 곳이 없데. 새 매입자가 알아서
　　처리하겠지.

에디 …벌써 집이 팔렸어? 그럼 뉴욕에서 오고 있는
　　짐은? 이제 곧 도착할 텐데.

소영 컨테이너 주소를 보내줄게. 아니면 그냥 전부
　　당신이 가져갈래?
　　그때 에디가, 옷 속에서 봉투를 꺼내 소영 앞에

내려둔다.

에디 나는 뉴욕으로 다시 돌아갈 거야.

**소영은 봉투를 열고 서류를 살펴보더니··· 얼굴이
밝아지고, 에디에게 고맙다는 듯 키스한다.**

소영 잘 생각했어. 에디,
　　유리한 쪽으로 협의서를 써줄 테니까 원하는 게
　　있으면 뭐든지,
에디 부탁 하나만 해도 돼?
소영 그럼, 뭔데? 뉴욕 집은 당연히 당신 거야. 그런 건
　　말할 필요도 없어.
에디 당신이 내 대신 재단 일을 맡는 건 어때?
　　당신은 늘 그런 일에 관심을 보였잖아.
　　이번엔 아예 다른, 새로운 일을 해보는 게 좋을지도
　　몰라.
소영 고마워, 그런데 난 이미 어디로 갈지 정해졌어.
에디 ···그래? 어디로 갈 생각인데?
소영 나는 다음주에 산타모니카로 갈 거야.
　　기억나? 당신이랑도 휴가차 몇 번 갔었는데,
에디 기억이 나냐고?
소영 기억나는구나.
에디 거길 누구랑?
소영 그게 당신한테 중요해?

에디 걔랑?

소영 응.

에디 겨우 걔를 데리고 거기에, 거기까지 가겠다고?

소영 무슨 말이 하고 싶은데?

에디 나는 당신이 그래도, 적어도, 더 나은 걸 원하는
      거라고 생각했어.
      겨우 그런…

소영 겨우, 그런 뭐?

에디 그런 건, 당신한테 그런 건 너무… 시시하잖아.

소영 그 얼굴이?

에디 걔는 그냥 내가 급하게 준비한 싸구려 아이 캔디
      같은 거야.
      내가 매년 준비한 것들에도 한참 더 못 미치는
      조악한 선물이라고.
      그래도 조금이라도 더 당신 마음에 들었으면 해서,
      (거칠게 소영의 손목을 잡으면서)
      당신을 조금이라도 더 즐겁게 해줬으면 해서,
      겨우 이런 거라도 하나 달아서 당신한테 보낸
      거라고.
      그런데 그걸 다 알고도 걔랑 거길 가겠다고?

소영 응.

에디 걔는 지금 내가 이제 충분하다고, 당장 떠나달라고
      말하면,
      망설이지도 않고 바로 그 자리에서 받아들일 텐데?

소영 내기할래? 제시할 돈은 당신보다는 내가 더 많을

것 같은데.

에디 무슨 소리야, 제발, 자기야, 다 알면서 왜 아직도
그런 연기를 하는 거야.

당신은 이기적인 사람이지 나약한 사람이 아니잖아.
당신이 이러는 건 당신뿐만 아니라 내 삶까지 전부
부정하는 거야,

소영 (아무런 표정 변화도 없이) 내가 어디까지 낼 수 있는지
말해줄까?

에디 …왜? 걔가 당신이 해달라는 건 전부 해줬어?

소영 응.

에디 나만 해주던 그 더럽고 추한 것도 다?

소영 응.

에디 나처럼 당신 목도 졸라줬어?

소영 응.

에디 그래서, 그래서? 당신은, 단 한 번이라도 만족감을
느꼈어?

소영 난 기절하듯이 잠들어 요새. 걔랑 관계를 하고
나면,

에디 아니지? 걔는, 나는 또 실패했지?

소영 아니야, 자기야, 에디. 나를 봐봐. 좀 기뻐해봐.

에디 결국 문제는 내가 아니라 당신이라는 걸 이제
당신도 아는 거지?

소영 이번엔 당신이 처음으로 제대로 된 선물을
맞춘 거야.

에디 어떤 플레이를 해도, 몇 명이랑 자도, 아무리

상대를 바꿔봐도,
당신은 내가 매일 느꼈던 걸, 매일 당신을 통해 내가
느꼈던 걸,
결국 당신은 단 한 번도 느끼지 못할 걸 이제 아는
거지?
소영   나는 걔를 사랑하는 것 같아.

에디는 더 들을 수가 없어서 비명처럼 식탁을 내리친다.

소영   저녁은 먹고 갈래? 크리스마스잖아.

에디는 갑자기 모든 흥분이 가라앉는다. 소영이 대답
없이 잔을 두 개 더 꺼내, 식탁을 차리기 시작한다.
에디는 소영을 낯설게 바라본다. 자신이 알던 사람이
아닌 것 같다. 그때 하민이 들어온다. 하민은 마치
자신의 집인 것처럼, 에디에게 인사하고는, 소영과도
자연스럽게 입을 맞추고 앞치마를 입는다.

하민   헬렌이 산책하다 만난 개를 물려고 해서
    소란이었어,
소영   자리에 앉아, 간단히 먹자, 오늘은 안주면 충분해.
하민   (에디에게) 맥주? 위스키?
에디   근사하네 앞치마가.
하민   (역시 장난스럽게) 듣다 보니 위스키가 더 나아
    보이던데.

에디   (거절하면서 자리에서 일어난다) 농담할 기분이
       아니라서

소영   먹고 가 당신도, 오늘 같은 날은 기념할 만할
       날이잖아.

에디   뭘? 우리 이혼을? 크리스마스를?

소영   둘 다.

       소영은 에디에게도 술을 건넨다. 다시 에디는 자리에
       앉지만, 술에는 손을 대지 않는다. 소영은 자연스럽게
       자신의 잔에도 술을 가득 채워 마신다. 하민도 술에는
       손을 대지 않는다. 소영은 혼자서 술을 들이키며,
       하민의 손을 잡고 수다스럽게 말을 이어간다.

소영   그리고 하나 더. 기념할 일이 있어. 크리스마스
       선물 말이야.
       비행기 표를 미리 사뒀어. 다음 주에 당장이야.
       산타모니카로,
       아무래도 시작은 익숙한 곳이 좋을 것 같아.
       거기 초여름이 얼마나 화창한지 알아? 필요한 짐도
       벌써 다 부쳐뒀어.
       그러니까,

하민   먼저 가 있을래?

       술을 마시던 소영이 그대로 술을 흘린다.

소영 안 돼, 무슨 말 같지도 않은 소리야.

하민 유민 씨 체류 기간이 예상보다 길어질 것 같데.
     논문을 다 쓸 때까지 여기서 머물 거라고, 그쪽에서
     아예 전담으로 맡아주면 어떻겠냐고 해서. 조금
     시간이 걸릴 것 같은데,

에디 좋은 접근이야 하민 씨, 흥정을 하려면 더
     밀어붙여.
     거기는 얼마 받기로 했어?

하민 (웃으며 소영을 보고) 한번 생각해 봐, 한 달, 아니다.
     두 달 정도면…

소영 농담이지?

에디 좋아, 아주 좋아. 난 지금 만족도가 최고야.
     새로운 선물은 더 필요 없어? 관심 있으면 뉴욕에
     고객들도 소개시켜 줄까?

하민 아니면 두 달 정도는 에드워드 씨가 같이 따라가
     있는 건 어때?

에디 그럴까? 나라도 따라갈까 소영 씨? 어때?
     나라도 괜찮으면,

소영 닥쳐 봐, 에드워드, 넌 제발 그 입 좀 닫아.

하민 안 될 건 없잖아. 헬렌도 챙겨야 하고. 아무래도
     새로운 사람보다는.

에디 (차갑다 못해 이제는 냉소적으로) 저번에 갔던 호텔로
     예약할까?
     헬렌도 데려가려면 아니면,

소영 그래, 당신이 개를 데려갈래? 그렇게 하면 되잖아.

뉴욕으로 돌아가는 김에 저 개새끼도 좀 데려가.

그리고 당신이 그 유민 씨라는 걸레도 좀

챙겨주라고, 미술사 전공이라잖아,

그 나이 여자애들은 다 당신한테 환장하는 거

아니야?

개도 개도 그냥 네가 데려가, 여기서 기르든

뉴욕까지 데려가든,

에디 그건 하민 씨 새로운 일자리잖아, 그걸 내가 전부

다 뺏는 건 너무 미안한데?

**소영은 이제 서프라이즈 선물을 준비하고 놀라기를
기대하는 아이처럼 말한다.**

소영 내가 떠나는 날 말을 해주려고 했는데, 당신이

부담 가질까 봐,

에디 난 부담 가질 일 없어 자기야.

소영 하민 씨 딸, 그래도 근처에 살아야 하지 않을까

생각했어.

양육권도 되찾고 싶을 거잖아.

그러려면 아무래도 LA 근처가 좋을 것 같아서.

**하민은 역시 아무런 대답이 없다. 그러자 소영은 술을
더 마시면서 말을 더 쏟아낸다.**

소영 근처에 대학도 알아봐뒀어, 학위를 채우면서

영어도 따로 배우고.
그쪽 명의로 통장도, 따로 카드도 만들어 줄 테니까.

더 이상 참지 못한 에디가 앞에 있던 술을 한 번에
마셔버린다. 소영은 그런 에디를 신경도 쓰지 않고,
웃긴 얘기가 생각났다는 듯

소영　네가 놓친 이번 다큐에는, 펭귄이 나왔어,
　　　그거 알아?
　　　펭귄은 40년에 한 번 난다잖아,
　　　그걸 보고 나는 너도 그럴 수 있을 거라고 생각했어,

그때 하민이 말없이 자리에서 일어난다. 그대로 남은
음식들을 치우고, 정리하고.

소영　왜 그래? 부담이 돼서 그래? 부담 갖지 마.
　　　나한텐 이건 다 너무 쉬운 일이야. 나도 그 동네를
　　　좋아하고,

하민이 닫혀 있던 노트북을 연다. 파일을 클릭해 소영
쪽으로 모니터를 돌린다.

하민　이건 뭐야?
소영　(보지도 않고) 이게 뭔데?
하민　자살한 환자들에 대해서 왜 따로 모아서

적어뒀어?

소영은 그 말을 잠깐 생각해 보다가, 웃어버린다.
정말 황당한 생각이라는 것처럼.

소영   이럴 때 보면 넌 진짜 얼굴값을 해.
     이건 그냥 내가 예전부터 해온 사례 연구야.
     파일명을 봐, 날짜가 다 적혀 있잖아. 언제부터 그걸
     해왔는지,
     말해봐 에디, 당신도 잘 알고 있잖아.

그러나 에디는 대꾸 없이 술을 한 잔 더 들이키고,
이제는 바로 그 소파에 가서 앉아버린다. 가만히 아무
말 없이 두 사람을 계속해서 응시하면서.

하민   캐리어에 모르핀은? 프로포폴도?
소영   그건 그냥 수면제 대용이야, 뉴욕에선 가끔씩
     치료를 받았는데,
     여기선 불법이라,
하민   정확한 양까지 적혀 있던데?
     소영 씨가 무슨 거짓말을 하는지 정도는 나도 알아.
소영   그래서 겁이라도 먹었어? 정말 그래? 그건 그냥
     충동 같은 거야.
     손톱을 뜯어 무는 것처럼. 언제든 할 수 있다는 그런
     만족감,

그래 다 만족감을 위한 거지. 그게 다야. 생각은
누구나 하잖아,
실제로는 당연히 행동으로 옮긴 적도 없어.
정말로 잠이 안 올 때, 실제로 효과가 있는 방법이고.
하민　역시 그런 문제에 끼어들고 싶지는 않아.
소영　날 못 믿는 거야? 걱정하지 마, 하민 씨, 나는 너를
만나서 나아지고 있어.
더 나아질 거야. 요즘은 우리가 같이 잠에 들잖아.
관계를 하고 나면 동시에,
하민　역할놀이가 끝나면 당신은 한 시간도 안 돼서
매번 잠에서 깨.
그리고 눈을 뜨고 가만히 있잖아. 내가 일어나면
다시 자는 척을 하고.
소영　나는 그 한 시간이면 돼. 충분해.
이번 여행도 우리가 잠깐 근사한 휴가를 다녀온다고
생각하면 돼.
에디　도망가 하민 씨, 넌 그냥 렌트야, 너뿐만 아니라
모두가 도망갔어.
내가 처음부터 말했잖아. 저 사람 머릿속은 백지가
돼버린 것 같다고.
그런데도 난 그걸 알고 싶어서 미칠 것 같다고.
소영　나랑 떠나는데 나를 이해할 필요는 없어.
나도 처음 공부를 시작할 땐 내 머릿속이 아주
복잡할 거라고 생각했어.
탓할 사람, 탓할 일들이 어디서 봐도 넘쳤고. 나는

심지어 내 안에서 그 원인을 찾고 있었으니까.

그런데 내가 너랑 시간을 보내면서 알게 된 건,

사실 어디에도, 내 안에도, 내가, 너희가 찾는 건

없다는 거야.

내가 뭔가를 잘못하고 있는 것도 아니고,

뭔가를 놓치고 있거나 어떤 늪에 실수로 빠져 버린

것도 아니야.

나는 그냥 아주 평범한 나인 거야.

내가 그런 걸 느끼는 데는, 그런 충동에 시달리는

데는,

사실 아무런 원인도 없는 거야. 그래서 나는

아무것도 해결할 수 없는 거야.

하민   그럼 나는 거기서 뭘 하면 돼?

소영   넌 어려. 넌 늘 가벼움을 원한다며, 난 그걸 사줄

돈이 있어, 힘이 있고.

너는 나랑 충분히 시간을 보내다,

훨훨 날아서 다시 네가 온 집으로 돌아가면 돼.

에디   소영 씨, 왜 나는 안 되는데? 나는 절대 도망가지

않을 거야.

소영   너는 다시 뉴욕으로 돌아가서, 이제 네 일에

매달려서 살면 되는 거야.

너를 또 가득 채워줄 새로운 사람을 만나서,

다시 그렇게 충실하게 살면 되는 거야.

너도, 너도, 그걸 위해 필요한 건 내가 다 줄 수 있어.

에디   그럼 당신은?

소영   나는 잠깐 너희를 빌리려는 거야.

에디   그다음에 소영 씨는?

소영   그다음 같은 건 네가 알 필요가 없는 거야! 내가
　　　지금 너희한테 바라는 건,

　　　그래, 저거, 겨우 저기 저 망할, 저걸 좀 버려주는
　　　거고,

하민   내일 사람을 불러줄게.

소영   어디 가?

하민   나는 당신이 기대하는 펭귄이 아니고, 당신이
　　　맡아온 환자도 아니잖아.

에디   가지 마, 가지 말고 나랑 이걸 옮기자.

하민   양육권은 뺏긴 게 아니라, 포기한 거고.

　　　그걸 다 해준다고 소영 씨가 원하는 걸 대신 얻을
　　　수도 없고.

소영   그래서? 그래서 이제 내가 뭘 더 해주면 되는데?

하민   소영 씨는 아무것도 하지 않아도 돼.

　　　소영 씨 말대로, 우리는 아무것도 해결할 필요가
　　　없으니까.

　　　우리는 아무것도 하지 않아도 돼.

소영   연봉협상을 하자는 거지?

하민   이미 충분해, 넘치게 받았어. 메리 크리스마스.

　　**소영이 따라가 보지만, 하민이 나간다. 소영은 그대로
　　문 앞에 굳어버린다.**

저 멀리서 아무 말도 없이 가만히 지켜보던 에디는,
앉은 채로 마지막 남은 샴페인을 따르며 움직이는데,
너무나 고요한 무대 위에서, 가죽이 비비적거리며
상황에 전혀 어울리지 않는 북북 소리만 난다. 에디는
아주 천천히, 한 번에, 가득 채운 그 잔을 다 마신 뒤,
소영을 지나쳐, 빈 샴페인 병을 들고 퇴장한다.

그리고 전혀 줄지 않은 하민의 글라스 옆에,
노트북에서는, 자정이 되자, 마치 소영을 놀리는
것처럼, 예약된 음악이 재생된다. Christmas time is
here… Christmas time is here… 소영은 이 상황이
너무나 허탈해서 오히려 웃음이 난다.

주위는 점점 더 어두워지고, 지금까지 켜져 있던 허공의
빛들은 반대로 더 밝아진다.
그 빛들은 이제 가학적일 만큼 희다. 손을 베일 것처럼
날카롭게 느껴진다.

소영이 그 속에서 아주 느려진 몸으로 움직이는데,
빛들을 피해서 꼭 춤을 추는 것처럼,

식탁에 남아 있던 샴페인 한 잔을 마저 삼키고,
욕조에 들어가 눕는다.
기대서, 몸을 늘어트리고, 답답한지 팔찌를 풀고,
가만히 빛을,

86

그 빛이 새어나오는 천장을 보는데,
어디선가 또 불쑥 나타난 숙례 씨가 빈 거실을 보고는
신이 나서, 식탁에 걸린 앞치마를 발로 차고, 식탁을
마음대로 어지르고, 소영의 캐리어를 가지고 마음대로
놀기 시작한다.

숙례 씨는 가득 찬 캐리어를 열고, 마구잡이로 짐을
꺼내고, 탈탈 흔들고,

욕조 속에서 소영은 자기도 모르게 노래를 흥얼거린다.
이 노래가 내 머릿속에서 재생되는 노래인지. 아직도
노트북에서 나오는 노래인지. 대체 어디서 들어봤던
노래인지. 의식은 여전히 선명한데, 왠지 온몸이
늘어진다. 바닥에 몸이 붙고 있다. 그때 소영의 캐리어
속에서 프로포폴이 담긴 병이 빠져나온다.

무언가 떨어지는 소리에 그쪽을 바라본 소영, 빠르게
스쳐가는 전자음,
이번엔 소영에게도 무대 위의 숙례 씨가 똑바로 보인다.
낮과 밤이 만난다.

펑… 펑, 펑. 여기저기서 버블이 터져도, 숙례 씨가 매입한 부동산들은 당연하게도 천정부지로 올랐다. 숙례 씨는 차익의 일부를 늘 현금으로 챙겨두었는데. 그건 기름값으로 온 세계가 난리법석일 때도 숙례 씨의 유동적인 투자금이 되어주었다.

숙례 씨의 관심사는 이제 금리다. 금리. 금융. 글을 읽지도 쓰지도 못하는 숙례 씨지만, 인플레이션 징후를 잘 읽어내기만 하면, 돈만 있다면 더 큰 돈을 버는 건 원래도 전혀 어려운 일이 아니었지만, 이 정도로 편리했던 적은 단연코 없었다. 금융 업계 사람들의 표현을 빌려보자면, 숙례 씨의 재산 그래프는 마치, 날개 달린 천사가 날아간 자취를 보는 것 같다고 했다.

소영은 몸을 일으켜 숙례 씨에게 다가가, 그녀의 입을 벌려보고, 만져보고, 꼬집어보고, 뺨을 때려보고.

너는 멀리서 숙례 씨의 소문을 들으면서 돌아가고 싶다는 생각도 했다고 했다. 커다란 별장 같은 집에서, 근사한 옷과 음식, 잠자리… 그럴 때마다 너는 처음으로 입지도 못할 비싼 옷을 한 벌씩 사보기도 했다. 더 이상 책은 쳐다보기도 싫었다. 너는 인정해야만 했다고 했다. 자신에게도 가지고 싶은 게 생겨버렸다고. 숙례 씨와는 달리 자신은 그걸 아무리 바라도 절대로 가질 수가 없을 거라고. 그리고 다행히, 그걸 받아들일 수 있을 정도로 네 자신이 평범하다는 것도. 너의 결혼 생활과 그 이후의 삶은 평범했고 평범한 이유로 끔찍했다고 했다.

(숙례 씨는 그 말을 하면서도 기뻐 보인다) **남편은 공장에서 생산하는 수출 품목을 3년에 한 번씩 바꾸느라 집에 신경 쓸 여력이 없었다고 했다. 얼마나 다행인지. 결국은 기름값을 이기지 못하고 공장은 폐업해버렸다고. 도박까지 해서 남아 있던 집마저 팔아넘기게 되었다고. 그동안 너는 숙례 씨를 원망했던 적도 있다고 했다. 네가 뭘 얼마나 원하는지, 얼마나 간절한지 다 알면서도, 숙례 씨는 단 한 번도 네게 그걸 내어주지도 않았다.**

앉아, 일어나, 기다려. 그러다 또 지루해졌는지, 소영은 숙례 씨를 지나쳐서, 떨어진 프로포폴을 장난감처럼 신이 나서 집어드는데, 그때 미정이 들어온다.

소영　뭐야, 기다리기라도 했어?

미정은 말없이 소영 손에서 병을 빼고 숙례 씨에게 쥐여 보내고. 소영을 일으켜 세우려 하지만, 몸이 돌덩이처럼 무겁다. 미정은 포기하고 옆에 앉는다.

소영　아니면 에디가 거기까지 가서 나를 챙겨 달래?
미정　(풀려 있던 팔찌를 손목에 차보면서)
　　　이 세계는 사실 어떤 신이 꾸는 꿈인 거 알아?
　　　그 신은 잠에서 깨는 순간 자기가 꾸던 꿈을
　　　차례대로 먹어치우는 신인데.
　　　이건 그중에서도 가장 악취가 나는 맛없는 악몽이라

아직 계속해서 이어지는 거래. 악취가 좀 가라앉을
때까지 신은 계속 잠든 채로 기다려보려고 하는데,
그럴수록 꿈은 점점 더 부풀어 오르고 엉망이
되어가는 거지.

소영   급진적이네. 혹시 트위터가 뭔지 알아?
그걸 깔아줄까? 거기 가면 친구가 많을 텐데.

미정   나는 엄마를 만나면 이 얘기를 제일 먼저
해줘야겠다고 생각했어.
엄마, 엄마가 믿던 신은 정말 있을지 몰라. 그런데
그 하나님은,
자기가 지금 뭘 하는지 전혀 모르는 잠들어버린
신이야. 사실 어린 애인데다가, 깨고 싶어도 깰 수가
없어서 몹시 굶주렸고, 미쳐버리기 직전이래.
우리는 모두 그 신이 만들어낸 거품 위에서 먹고
자고 싸고, 사는 거야.

소영   나는 이제 미정 씨가 얼른 죽어주면 좋겠어.

숙례 씨는 이제 병에 담긴 약물을 전부 빼내고 있다.
우유를 싱크에 버리는 것처럼.

미정   그랬어?

소영   응. 나는 거기서 당신이 평생 배운 것들을 몇
달이면 배웠는데.
당신보다 빠르게 늙고, 정말 말도 안 되는 피로를
느꼈는데,

미정　뉴욕에서 일하는 정신과 의사가?

소영　그중에 미정 씨한테 해주고 싶은 말은 단 하나도
　　　없었거든.

　　　그런데 그 사람이 처음 건 전화로 나한테 당신
　　　소식을 말해줬을 때,

미정　그 사람이 전화를 했어?

소영　나는 드디어 해주고 싶은 말이 생각났어.

미정　뭐였는데?

소영　축하해, 미정 씨.

미정　…

소영　죽음은 사실, 가장 행복한 귀향이래.
　　　나는 그 말이 정말 정확하다고 생각했어.
　　　돌고 돌다가 무기력해진 인간의 정신은 늘 고향으로
　　　향하잖아.
　　　어떤 예술이나 망상도 결국은 전부.
　　　그런데 사실 우리는 모두 단번에 거기에 도착할
　　　방법을 아주 잘 알고 있어.
　　　단지 겁이 나서, 겨우 겁이 나서 그걸 알고도 한참을
　　　기다리는 거야.

미정　끝이 오면 넌 어차피 끝인 줄도 모르고 있을 텐데?

소영　나는 그게 싫어. 나는 내가 선택을 하고 싶어.
　　　게다가, 사실, 이 생각은, 이 충동은, 되게
　　　상냥하거든. 알지?
　　　사실 걔가 하는 말들은 전부, 아주 희고 다정해.
　　　이제 나는 걔가 하는 말을 들을 거야.

미정 그게 뭐라고 말하는데?

소영 이제 아무것도 원하지 않아.

미정 그리고?

소영 겁을 낼 것도 없어.

미정 그럼 넌 이제 뭐든 할 수 있겠네?

소영 어. 그래서 나는 이제부터 잘 거야. 깊이 잘 거야.

미정 왜? 이제야 그렇게 자유로운데?

소영 여기가 내가 정한 끝이니까. 가장 버리기 어려운
게 나한텐 희망이었어.
다시는 그 근처로도 가고 싶지 않아.

미정 늘 내가 말했잖아. 희망은 겨우 얇은 피 같은 거야.
그런 건 원래 없어도 되는 거야.

소영 그래도 뭔가가, 나는 여기서 뭔가가 더 있을
거라고 생각했어.
거창하지 않더라도 특별한 뭔가가, 미정 씨.
무의미하더라도,
내가 깨어 있어야만 할 뭔가가. 나는 그걸 도저히
포기할 수가 없었어.
지금도 그래. 그게 없다면 대체 내가 왜 내일도 깨어
있어야 하는데?

미정 저기 저 개가 아직 저렇게 살아 있잖아.

소영 그래서? 겨우 저런 것 때문에 이 피로를 또
연장하라고?

미정 쟤가 내일이면 밥을 달라고 너를 깨물 테니까.
산책을 가자고 또 짖을 테니까.

소영 그런 건 무시하면 돼. 그냥 지금 풀어주면 돼.

미정 저걸 돌볼 사람은 이제 너밖에 없어. 넌 그걸
　　　받아들여야 돼.

소영 나는 이제 그냥 빈 껍데기 같은 거야.

　　그 말과 동시에 숙례 씨는 소영을 물건처럼 거칠게
　　안아버리고, 숙례 씨가 입을 벌릴 때마다 이번엔 목소리
　　대신, 다정한 전자음들이 커다랗게 들려온다.

미정 그래도 너는 또 눈을 뜰 걸?

소영 들려? 저게 내가 기다리던 선물이야. 죽음이야.

미정 저건 네 가장 오래된 친구잖아. 저게 그동안 널
　　　어디까지 데려왔는지 봐.
　　　처음 미국에 도착했을 때. 결혼식 날 아침에. 지금.
　　　아무도 간섭하지도 않았는데, 너는 겨우 너를 거부할
　　　수가 없어서 혼자 그 멀리까지 다녀왔잖아.
　　　정말 저 소리가 너한테 지금 그렇게 말해? 정말
　　　여기가 끝이라고? 아니면,

　　말이 끝나기도 전에 소영이 미정의 손을 잡는다.

미정 오늘은 일어날래?

소영 …

미정 침대로 가서, 푹 자고, 일어나서, 씻고,
　　　아이스크림을 먹으면서,

내일은 거기서 뭘 보고 배웠는지 다 말해줄래?
소영   자고 가는 거야?

미정이 대답을 하려는 순간, 깜빡. 또 한 번 세상의
전원이 잠시 꺼졌다 켜진 것처럼, 잠시 암전. 모든
소리도 잠시 사라지고, 잠시 후, 다시 들려오는
벨소리와 함께 불이 들어오면, 어느새 미정은 보이지
않는다. 어느새 소파는 사라져 있고, 그곳에도 작은
빛이 하나 더 들어와 있다. 어느새 욕조의 레버에서는
누가 틀었는지 물이 흘러나오고 있고, 무대에는 이제
소영과 숙례 씨만 남겨져 있다. 그 순간 소영은 알 수
없는 두려움에, 알 수 없는 그리움에 몸이 떨린다.

**네가 비로소 혼자가 되자, 숙례 씨는 달에 한 번씩, 주에
한 번씩, 격일에 한 번씩, 그제야 네게 차를 보내왔다. 너는 숙례
씨의 집을 비워주고, 채워주고, 씻겨주고, 말려주고 돈을 받아
갔다. 숙례 씨는 여전히 이혼을 하지 않고 있었고, 숙례 씨의
가족은, 그녀가 빚어내고 풀어버린 거인들은 이제 통제를 잃고
발이 닿는 곳마다 쑥대밭으로 만들었고, 숙례 씨의 개들은
금세 죽고, 너는 그 개를 묻고, 새로 데려오고, 다시 보살피고.
그럴 때마다 남편과 그 남자의 배다른 자식들은, 그러니까
너는 그들을 꼭 원숭이들이라고 불렀는데. 위기 때마다
휠체어에 매달려 숙례 씨를 찾아와 입을 벌렸다. 신사업을
개설하겠다고, 닷컴에 대해 들어보셨냐고… 또 어떨 땐 백설
같은 피부를 가진 젖먹이들이 자신들의 천사가 되어달라며**

숙례 씨를 찾아와 깃털을 뽑아 뜯고 펌프질을 해대는데,

벨소리가 끝나고, 다시 한 번 더 벨소리가 울린다.
소영은 간신히 몸을 일으킨다. 자꾸만 다리에 힘이
풀린다. 소영은 바닥에 붙어서, 기어서라도 간다.

**숙례 씨는 그럴 때마다 마르지 않는 강물처럼 퍼도 퍼도
끝도 없이 콧물과 눈물과 오줌을 내어주었다. 숙례 씨는
알면서도, 여전히 자신이 원하는 모든 걸 자신에게도 아낌없이
내어주었다. 그렇게 모두를 보낸 뒤에, 밤이 오면, 늘 숙례 씨는
네가 떠나지 못하게 애원했다. 하룻밤만. 딱 하룻밤만.
이제 숙례 씨는 너에게 매달리며 네가 한때 가지고 싶다고
착각했던 것들. 갖지 못해 원망했던 값비싼 옷, 귀금속들, 땅과
그림, 집과 비행기 티켓, 모든 걸 선물했지만. 너는 절대로
그것들을 받지도, 숙례 씨가 원하는 것을 내어주지 않았다.
그때쯤은, 너도 알게 되었던 것 같다.**

문 앞에서 간신히 도착한 소영이 나가려는데, 들어오던
하민과 마주친다. 그 애는 처음으로 어색한 표정을 하고
있다. 무릎을 굽히고,

하민 일으켜줄까?

하민이 입을 더 열려는데, 소영이 입을 막는다.
밖에서는 이제 비가 쏟아진다. 하민은 계속해서 무언가

말을 하려고 하지만, 하민이 뭐라고 하는지, 소영에게는
하나도 들리지 않는다.

**숙례 씨도, 너와 마찬가지라는 걸. 이 세계에 너와는
너무나 다른 역할로 태어난 저 존재도, 너의 낮, 너를 쪼개는
태양마저 전리품처럼 소유한 숙례 씨도**

무대 위로 하나 둘 빛이 들어오기 시작한다.

**아무리 모두에게, 자신에게 내어주고 또 내어주어도,
자신이 채우고 싶은 걸 여태 한 번도 채워 본 적이 없다는 걸.**

이제 욕조를 채우던 물은 흘러넘치기 시작한다.

그래서 저렇게, 애타게, 숨 쉬듯이 날갯짓을 하고 있다는 걸.

소영이 마침내 손을 떼고,

먼저 키스를 하고, 서로를 쓰다듬고, 일어나는 대신,
두 사람은 이제 바닥에 완전히 붙고, 우리는 더 이상
그들을 볼 수가 없고.

말도 안 될 정도로, 백야 현상이 일어나고 있는 것처럼,
무대는 밝아지고

온갖 소리들이 섞여들기 시작한다. 전자음들은 계속
울려대고,

무대에는 이제 숙례 씨 혼자 남아 있다.

그리고 또… 그때쯤은 너도 알게 되었던 것 같다.
네 건조한 심장에도 어느새 날개가 달려있다는 걸.
정말 여기가 끝이 아닐까? 이건 어디로 가려고 달린 날개일까?

그때 모습은 보이지 않는 미정이 멀리서 숙례 씨에게
손짓한다. 숙례 씨를 부른다.

미정　이리 와!

숙례 씨가 미정이 있는 곳으로 뛰어간다. 그리고
두 사람이 나간 자리에는,
에디가 서 있다.

에디　그렇게 끔찍하지는 않았대.

어디선가, 소영이 다시 무대 위로 나온다.

소영　(에디에게 걸어가면서) 뭐가?
에디　순식간이었대.
소영　누가?

에디　미정 씨, 병원에서, 의사가.

소영　여기에 있었는데?

　　에디가 소영에게 뛰어가 안는다.

에디　괜찮아, 괜찮아. 재난 같은 거야, 받아들일 수밖에
　　없는 거야.
　　남은 삶이 아무리 길어도 매일이 우리가 처음 만난
　　파티라고 생각하자.
　　그날도 잔이 깨지고, 취한 부자들은 진상을 부리고
　　플로어에 토를 하고, 소란스럽고 머리가 깨질 정도로
　　조명이 밝았지만
　　당신과 내가 숨을 방 하나 정도는 찾아낼 수
　　있었잖아.
　　우리는 또 아무것도 없던 그 방에 들어가서 새로
　　시작하면 되는 거야.
　　내가 또 취해서, 늘 먼저 잠들어버리고, 그래, 또
　　취해버렸지만,
　　정말로 이번엔 금주를 할게, 나약해서 미안해.
　　그렇지만 약속해.
　　이제는 당신 대신 내가 싸워줄게. 당신이 넉아웃
　　되면 내가, 그러니까
　　우리는 우선, 같이, 그 감정을 때려눕히는 법을 먼저
　　배우는 거야,
　　그리고 이기면, 이겨내면 우리는 다시,

소영이 소파가 사라진 빈 자리를 보고, 밝은 얼굴로
에디를 본다. 에디가 말을 멈추고 밝게 웃는다.

소영   당신이 소파를 버렸어?
에디   당신이 그걸 원하는 것 같아서 그랬어.
소영   다른 선물들도, 그림도?
에디   그것들이 전부 당신을 실망스럽게 하는 것 같아서
       그랬어.
       그걸 볼 때마다 당신이 우울해하는 것 같아서…
       그래서,
소영   사랑해.

동시에 소영의 목소리가 어디선가 들린다.

이제 정말 준비가 된 것 같아

소영의 손이 에디의 볼에 닿는 순간, **다시 또 깜빡, 암전.**
무대 전체에 다시 환하게 빛이 들어오면, 에디는 없다.

그 자리에는 또 빛만 남아 있다.
그리고 이제 모두에게 보인다. 소영의 밤이 그동안
얼마나 환했는지.

하민도 다시 무대 위로 나온다. 소영은 그 고운 얼굴을
보는데…

소영은 받아들인다. 이 백야가 끝나지 않을 것임을.
이제는 고요해진 무대에서, 그대로 소영은 눈 위에
누워버린다.

아… 편안하다. 마치 거기가 침대인 것처럼,

이렇게 편안할 수가 있나, 마치 푹신한 시트 속에 빨려
들어가는 것 같다…

소영   가, 너도 이제 가도 돼.

무대가 낮인지 밤인지 우리는 더 이상 구분할 수가
없다. 하민은 가지 않고 몸을 움직이지 않는 소영을
잠시 그대로 더 지켜보다가, 별장 안으로 들어 옮긴다.
소영을 눕히고, 안경을 끼고, 노트북을 열고, 소영의
지문을 가져다 대고, 잠시 들여보다가, 타자를 치다가,

하민   정말 이걸 원해?

소영은 이제 완전히 말을 하지 않는다. 소영이 몸을
돌린다. 하민은 몸을 일으켜 소영을 쓰다듬고, 방을
떠난다. 날카로워 보이는 물건들을 모두 가져간다.
깜빡. 이제 숙례 씨는 무대가 아닌 객석에서 나타난다.
낮과 밤이 무대 위에서 동시에 진행된다.

하민은 집안일들을
해나가면서, 정말로 하민이
집안일을 하다보면, 이제
소영이 소유하던 남아 있던
물건들도 하나둘 사라진다.

어느 순간 미정이 들어와
무대를 정리하기 시작한다.
요리를 하려는데, 깜빡,

**개는 하루에 세 번, 너와의
산책을 좋아한다. 돌아온 너는
일어나고 싶을 때 일어나고
자고 싶을 때 잔다. 씻고 싶을
때 씻고, 벗고 싶을 때 벗고,
새벽에도 요리를 하고⋯ 상속
분쟁에서 이긴 원숭이들이
세계적인, 글로벌 원숭이들이
될 만큼, 모두에게 아낌없이**

사라진 포크…

깜빡, 사라진 식기…
사라진 식탁.

이번엔 에디도 들어와
무대를 정리한다.

어느새 하민은 피아노를
치고 있다.

에디와 미정이 무대를
모두 비우고,

이제 두 사람도 숙례 씨처럼
무대가 아닌 객석으로 가서,

소영을 지켜본다.

내어준 숙례 씨는 이제 그
일도 다 마치고서, 자산을
전부 현금화했다. 숙례 씨가
벌어들인 돈이 얼마일지 한번
상상해봐라. 숙례 씨는 더
이상 불안하지 않다고 했다.
그리고 숙례 씨는 침대 속으로
기어들어갔다. …숙례 씨의
삶이 이렇게 작은 하나의 침대
속으로 귀결된다니. 너는 믿을
수 없는 숙례 씨의 수많은
순간들 중에서도 이 결말이
가장 믿을 수 없다고 했다.

너는 어느새 이 집에 머문다.
너는 숙례 씨가 남길 유서를
적어 주겠다고 했다. 숙례
씨는 알까, 그걸 얼마나 네가
멋대로 적었는지. 그러나 글을
읽지도 쓰지도 못하는 숙례
씨는 자신이 무얼 남겼는지
알 길이 없다. 그러나 특별히
억울해 할 것도 없다.
누구라고 그렇지 않을까?
어느 날은 마지막으로 기르던

개가 죽었다. 어느 날은
네가 암에 걸렸다고 했다.
숙례 씨는 그날 침대에서 나와
모처럼 산책을 했다.

깜빡. 빈 무대, 이제 무대에는 소영과 하민, 두 사람
말고는 없다. 더 이상 아무 소리도 없다. 소영은 아직도
바닥에서 요가를 하고 있는데… 일어나지를 못한다.
그대로 머리를 박고서… 연주를 마친 하민이 소영을
발견하고, 일으켜 눕힐 곳을 찾지만, 아무것도 보이지
않는다.

깜빡. 두 사람은 이제 바닥에 등을 맞대고 누워 있다.
이제 하민에게도 불면이 찾아왔다.

하민   *얇은 옷을 좀 꺼내줄까?*

깜빡. 어느새 하민은 소영의 등을 보고 누워 있다. 아무
말 없이.

깜빡. 뒤척이던 하민이 자리에서 일어난다. 소영은
역시 그대로 가만히 있다. 하민은 텅 빈 무대의
구석까지 가서, 이곳저곳을 뒤지다가, 마침내 어디선가
맥주를 한 캔 찾아낸다.

하민   밖에 돌아오면서 토마토 씨앗을 심었어. 여름이
　　　 오면 하영이한테 가져가려고.
　　　 (맥주를 마신다. 쓰다.) 걔는 거의 늘 한없이
　　　 이기적이기만 했는데,
　　　 어느 날은 토마토 씨앗한테 줄 물이라고, 자기가
　　　 마실 물을 양보하는 걸 보니까.
　　　 나는 그때부터 걔를 견딜 수가 없었거든.

　　　 소영은 듣고 있을까? 이해되지 않는 걸지도 모른다.

하민   눈이 다 녹으면, 그때는 헬렌도 풀어줄게.

　　　 이번에도 소영은 대답이 없다. 밝다. 얼굴이 빨갛게
　　　 올라온 하민은 이제 소영의 등에 얼굴을 파묻는다.
　　　 다시 한 번 깜빡. 우리는 이제, 무대에 마지막으로
　　　 들어온 숙례 씨를 볼 수 있다.

너는 모든 기억들이 너무나 생생하게 움직인다고 했다.
그래서 너는 매일 밤 불안을, 때로는 권태를, 보통은 허무를,
아직도 두려움을 느낀다고 했다. 그러나 숙례 씨는 너와
다르게, 모든 기억들이 벌써 흐릿했다. 솔직히 너와의 기억도
이제는 거의 다 떠오르지 않았다. 그렇지만, 숙례 씨는, 지금
네가 느끼고 있는 게 두려움이 아닐지도 모른다고 생각했다.
음… 어떤 단어로 말을 해야 할까. 그건 그러니까 처음부터
비어있는, 공백으로 존재하는 무언가인데. 문제는 그 공백이

자꾸만 제멋대로 형태를 바꿔버린다는 거다. 채워지기도
전에 무언가를 따라 늘 변화하고, 새로 형성되고. 그 바람에
그건 도저히 채워질 틈이 없지만… 그 공백에 대해 생각하는
것만으로도 숙례 씨는 온몸이 타들어갔다. 아직도 다 해보지
못한 입맞춤이, 포개진 몸이, 그 이상의 섹스가, 그 온기가
벌써부터 온몸을 간지럽혔다.

숙례 씨는 이제 공백 속에서, 처음 있었던 그 자리로,
걸어가 눕는다.

이 감각은 뭘까. 아무리 온몸에 힘을 빼도. 오늘도 숙례 씨의
몸은 붕, 떠오르려고만 한다. 심장. 그대로 여기에 있는 심장.
피와 산소를 퍼올려 온몸으로 흘려보낸다. 침이 마른 입술.
짧게 정리한 손톱. 촉촉한 코. 척추를 타고 빳빳하게
… (다시 사라졌던 전자음이 섞여 들기 시작한다)
혹자는 숙례 씨를 보고 평생을 사치스럽게 살았다고 할지도
모르겠으나, 그녀는 단 한 번도 쓸모없는 것들을 소유한 적이
없다. 그것들은 모두 숙례 씨에게 넘치는 만족감을 주었다.
숙례 씨의 일생을 보고, 기적이라고 말하는 이들도 있었다.
… (Psst)
그러나 숙례 씨는 늘 삶을 통과해왔을 뿐이다. 원하는 것을
멈추지 않았을 뿐이다. 그리고 단 한 순간도, 단 한 번도,
숙례 씨는 누군가에게 선물 하나 받은 적이 없다. 이 모든 게
어디로부터 왔는가. 숙례 씨가 날개를 한 번 펄럭일 때마다
… (Psst)

그런데 이번에도 찾아온, 이 생생한 감각은 뭘까. 심장이 펌프질을 멈추지 않는 것처럼. 만약에, 그러니까 만약에, 이대로 눈을 뜨지 않으면 어떻게 될까? 이대로, 숙례 씨는 어디까지 날아갈까? 그 생각을 하면 심장은 걷잡을 수 없이 빠르게 뛰기 시작한다. 입술을 비집고 침이 새어나오고, 후…하, 후…하, 숨이 막 차오르면서… 숙례 씨는 떠오르다가, 떠오르다가, 이 희고 가는, 투명한 실들이 어느 순간 전부 끊어지고 나면… 탁, 탁. 때마침 발소리가 들려서, 숙례 씨는 다시 누워있던 곳으로 돌아온다. 숙례 씨는 안도했을까? 네가 오고 있다. 숙례 씨는 이제 거기에 집중을 하기로 한다. 숙례 씨는 네가 잠시 잠든, 깨어 있던 새벽에, 구름 사이로 해가 뜨는 풍경을 봤다. 한 달 전에 내린 눈이 곧 녹을지도 모른다. 숙례 씨는 그걸 네게 말해줄 기쁨에 벌써 머리가 하얗게 질렸다. 문이 열린다. 아… 네가 몇 걸음 안에 다가올지도 나는 알고 있다. 하나, 둘, 셋, 넷… 그리고 너는

모든 소리가 멈추면,

소영은 눈을 뜨고, **숙례 씨는 개가 된다.**

개는 온몸에 물기를 털고, 소영을 지나쳐 밖으로 나간다.

소영은 잠시 꿈을 꾼 것처럼, 그대로 일어나 여느
때처럼 일상을 보낸다.

아무것도 없는 무대에서 혼자서 몸을 쫙 펴고,

한참을… 지금까지 소영이 했던 요가 중에 가장 길게.
표정은 평화롭고, 몸에선 땀이 난다.

마지막으로 아기 자세를 하면서, 소영은 고개를
돌려보는데,

하민이 바닥에서 곤히 자고 있다. 소영이 이번엔 자고
있는 하민의 머리에 키스를 한다. 하민이 뒤척이자,
더 자라고, 이번엔 자기가 재워주겠다고, 기대라고
몸짓으로 말한다. 하민은 피곤했는지, 다시 소영의 팔을
베고, 소영의 품에 얼굴을 파묻고 금세 다시 잠에 든다.

…조금 더 기다린 뒤, 소영은 텅 빈 집에서… 혼자서
마당으로 나간다.

불들이 켜져 있는 곳으로. 소영은 빛 속으로 걸어간다.

걸어가고,

걸어가는데…

갈수록 소영에게는 처음 듣는, 간지러운 음악이
선명하게 들려온다.
그러나 뒤를 돌아보지는 않는다. 소영은 걸어간다.
빛은 이제 바로 손을 뻗으면 닿을 곳에 있다. 소영이
한 걸음 더 그 속에 들어가려다가,

너는 또 눈을 뜬다.

두 번째로 들리는 소영의 목소리다. 소영은 바로 앞에
있는, 객석 속에서 에디를 발견한다. 그리고, 이제
사방에서는 소영과 에디와 하민의 목소리가 들려온다.

너는 밖으로	다루지 못하는	이리 와
나간다	악기가 없다는	
	노트북 한 대로	우리는 걷고
차를 운전해서,	온갖 음악을	
	만든다는 그	더 있어봐도 돼?
축하해	애에게	
		파티라고 생각하자
나는 미칠만큼	춤을 출까?	
멍청하다		사랑해
너희는 아찔할	벗어	
만큼 멍청하다		메리 크리스마스
그 멍청한 얼굴에	너희는 선물을	더 원하는 게
키스를 하고	주고 받고	생기게 될걸?

이제 정말 준비가　　　　일어나　　　　　　이제 가
된 것 같아

　　　　　　　　　　매년 또 너를　　　왜 웃고 있어?
그 음악을　　　　　　찾아와서
틀어놓고

　　　　　　　　　　　앉아
축하해

　　　　　　　　　　안 더워?
마실래?　　　　　　　들어갈까?

　　그리고 조금 더 가까운 곳에서, 아직은 사라지지 않은
　　하민이, 소영에게 다가온다.
　　하민이 다가올수록 음악은 점점 더 크게 들려온다.
　　아까 맥주를 마신 하민은 얼굴이 빨개졌다.
　　하민에게서는 술 냄새가 난다.

하민　안 더워? 들어갈까?

　　소영은 미동도 없이 그 자리에서 하민을 바라본다.
　　하민이 소영에게 다가오면서, 폰을 꺼내, 새로 음악을
　　받았다고 자랑하듯, 볼륨을 키운다.

하민　생각을 해봤는데 소영 씨, 내가 소영 씨한테
　　받고 싶은 거.
　　조금만 더 옆에 있어봐도 돼?

소영은 자기도 모르게 자신을 바라보는 그 얼굴로 손을
뻗는다. 그리고…
소영이 하민의 흰 머리카락을 뽑는다. 아… 따갑다.

그리고 소영은 하민을 지나쳐 걸어간다. 걸어가서, 무대
끝에 서서,
간신히, 간신히… 그녀가 잃어버린 것들이 모두 함께
모여 있을 어딘가에서,
뒤를 돌아보면서, 아주 가벼운, 한 단어를 꺼내 올린다.
가장 환하게 웃으면서,

소영   갈까?

그리고, 눈이 내린다. 분명히 아직 한여름인데.
하민은 자신이 바라보고 있는 풍경이 믿기지가
않는다. 온 세상이 밝다. 눈이 내릴수록, 더 밝아지고,
이제는 익숙한 이명이, 음악이, 간지럽고 나른하고
밝고 미래에서 온 것만 같은 비트가, 더 크게, 끝까지
흘러나온다. 하민은 저 끝에 서 있는 소영을 바라보고
마찬가지로, 환하게 웃는다.

암전.
불이 켜지면 아무도 없다. 눈 위에는 소영의 발자국이
남아 있다.

이음희곡선

도그 워커의 사랑
ⓒ강동훈 2025

처음 펴낸날 2025년 10월 24일

지은이 강동훈

펴낸이 주일우
편집 고은영
본문 디자인 워크룸 프레스

펴낸곳 이음
출판등록 제2005-000137호(2005년 6월 27일)
주소 서울시 마포구 토정로 222 한국출판콘텐츠센터 210호
전화 02-3141-6126 팩스 02-6455-4207
전자우편 editor@eumbooks.com
홈페이지 www.eumbooks.com
인스타그램 @eum_books

ISBN 979-11-94172-18-5 (04810)
ISBN 978-89-93166-69-9 (세트)

값 12,000원